亲历

Geoffroy Delorme

L'homme-chevreuil

狍 子 人

[法] 若弗鲁瓦·德罗姆 著 / 摄
周佩琼 译

上海文艺出版社

致舍维，我最好的朋友。
你教会我去看，去感受，去爱，
去相信一切皆有可能，
去成为我自己。

致奥罗尔

自然是我们看到的一切,
我们想要的一切,我们爱的一切。
我们知道的一切,我们相信的一切,
我们自我感知的一切。

它为看到它的人美,
它为爱它的人善,
心怀尊重,信它公正
它便公正。

仰望天空,天空看到你,
拥抱大地,大地爱你。
真相是我们所信的自然
是你自己。

—— 乔治·桑

引　子

是男还是女？我的眼睛早已失去了隔着三十多米分辨此类细节的能力。还有一只动物在他或她身边嬉戏？哦，别，拜托，别是狗！我得在狗把我的朋友们吓跑之前叫停。

和朋友们一样，我的领地意识也变得非常强烈。任何闯入者都被视为潜在危险。我觉得自己的隐私被侵犯了。我的领地半径为五公里。一看到有人，我就会跟踪他，窥伺他，搜集信息。如果他来得太频繁，我会想方设法把他吓跑。

我走出灌木丛，决意阻止散步者前进。一股非常甜美的紫罗兰香气扑鼻而来。这个散步者一定是个女人。走在林间小道上，我意识到自己已经好长时间没和人说过话了。我在森林中生活了七年，只和动物交流。最初几年，我在人类社会和蛮荒世界之间来回穿梭，但随着时间推移，我终于背弃了他们所谓的"文明"，加入了我真正的家庭：狍子。

在林间小道上走着，我以为已经从生命中完全擦除的感觉重又涌上心头。我看起来什么样？我的头发？它已经多年没见过梳子了，我是用一把小裁缝剪子"盲剪"的。幸运的是，我没有胡子。省了不少事。我的衣服？裤子上到处是泥浆形成的干裂，可以直立起来，像一座雕塑。嗯，至少今天的裤子是干的。在冒险之初，我有时会用一面小镜子照照自己，我把它放在一个小圆盒里。但在时间、寒冷和潮湿的作用下，这面镜子已经黯淡无光，说实话，我已经不知道自己是什么样了。

是个女人。我得对她客气点，免得吓到她。**但要保持警惕，世事难料**。怎么开口呢？"你好"；"你好"，不错。不，得说"晚上好"了。已经是傍晚了。

"晚上好……"

"晚上好，先生。"

1

小时候，当我在学校温暖的预备班教室里学习未来人类生活的基本知识时——学习读写、数数，学习待人接物——我便经常扭头凝视窗外美好的野生世界。我观察麻雀、知更鸟、山雀等一切进入视野的动物，我羡慕这些幸运的小生灵，羡慕它们能够如此自由。我和其他孩子一起被关在这个房间里，他们似乎乐在其中，而我，在六岁的时候，就渴望着这种自由。我能估料到，外面的生活一定很艰辛，不过看到这种固然危险但简单、宁静的生活，我内心生出了对某种人类愿景的反叛萌芽，我当时已经感觉到他们想把我封闭在那种世界观里。在教室后窗前度过的每一天，都使我离所谓的"社会"价值观越来越远，而野生世界则像磁石吸引指南针一样牢牢吸引着我。

开学才几个月，一件看似平淡无奇的事彻底推进了反叛萌芽的发育。一天早上，到了教室后我才得知当天学校组织去游泳。我天性有点胆小，听到通知就已经害怕起来。到了泳池边上，我吓坏了。这是我第一次看到这么多水，此生从来没游过泳，一种本能的恐惧涌上我的心头。所有同学看起来都很从容，而我却咬紧牙关。教练是个红棕色头发的女人，有一张严厉的长脸。她要求我下水，我拒绝了。她脸一板，语气更加强硬，命令我跳下去。我再次拒绝。然后她像一个军人一样步履沉重地走近前，抓住我的手，猛地把我扔进水池。我不可避免地喝下一大口水，由于不知道如何游泳，我开始下沉。绝望的挣扎中，我看到我的行刑者向我游来。我惊慌失措，确信她会杀了我！求生的本能驱使我做出了不可思议的举动。我像一只小狗一样，游到泳池中间，潜到将我与大池隔开的安全网下，游向对岸。一到泳池边，我就爬上梯子，用尽全力逃到更衣室。我穿上长裤和T恤。教练出了水，到处找我。她踩在湿地板上的脚步声告诉我她正沿着两侧隔间之间的小过道走来。我把自己关在左边第三间里。她打开第一间的门，门猛地关上。我的心跳得就像要爆开。她打开第二间的门，门又猛地关上。这可怕的喧嚣让我觉得她要砸烂面前的每一扇门。我惊慌失措，钻进隔板和地面之间的空隙，从一个隔间爬到另一个隔间。到了这一排的尽头，利用她检查一个隔间的几秒钟时间，我穿到另一边，谨慎地溜向出口。终于到了外面，我沿着街道一路狂奔，泪水和氯的刺激模糊了视线，直到一位面熟的男士拦住我，牵着我的手让我跟他走。他是校车司机。他看到我一个人出来，就特意跟着我。我抽抽搭搭地向他解释了事情经过，以及我为什么再也不想回到游泳池了。他的声音和话语让我稍稍放了心。我的小小英雄史诗结束了，班主任被告知找到我了，我独自一人坐在校车后排，被老师和小伙伴们一起盯着，就像一只必须被看管的危险野生动物。这次事件之后，学校决定让我退学。我在家通过国家远程教育中心课程继续接受教育。

我便独自待在房间，与外界隔绝，没有同学，也没有老师。幸运的是，我有一个很大的图书馆，里面有很多宝藏（有尼古拉·瓦尼耶、库斯托、黛安·弗西、珍·古道尔等人的书），讲述大自然和野生世界的故事。我还贪婪地阅读了所有科普作品（《每日大自然》《强者法则》《森林伙伴》）。这是一座宝贵的信息库，我试着在自己的范围内、在我的花园里使用这些所学。一棵苹果树，一棵李子树，一棵樱桃树，小檗树篱，枸子，火棘，几株蔷薇，我家房子周围的这些植物让人不再感到无聊。养护它们很快成为我的主要消遣方式。

一天早上，我发现乌鸫在卧室对面的树篱里筑了巢。在我幼稚的头脑中，这项发现带来一条死命令：我必须照顾它们。我开始像停车场管理员一样在树篱周围巡视，赶走被这些容易捕食的猎物气味引来的猫。无论白天还是晚上，只要大人一放松看管，我就打开窗户，像猫一样谨慎地溜出去，看看羽族小家庭的新变化。一直见到我，它们似乎已经习惯了。我把面包屑、蚯蚓或昆虫放在盘子里喂它们。亲鸟前来啄食，再带给雏鸟。每过一天，我就多收获一份它们的信任。我现在可以钻进树篱、凑到离巢只有二十厘米的地方看宝宝们叽叽喳喳地鸣叫。终于到了离巢的时候，父亲会先出去，雏鸟在它身后跳出巢，落到地面，母亲压阵断后。它们围着树篱转圈。有时它们会靠近我。我感觉它们是想自我介绍。九岁小男孩的心怦怦直跳。这是我与野生世界的第一次接触，为了留住这一瞬间，我给这些雏鸟拍了一张照片，寄给我在国家远程教育中心的教导员克里格女士。

每一次散步，我都会进一步探索周围的环境。树篱后面有一道栅栏，下面挖了一个洞，很可能是狐狸挖的。我毫不费力地钻过去，发现了邻近的田地和随之而来的探险可能。最初几次，在几乎没有月光的夜晚，对自由的渴求总是带着恐惧，小冒险家的炽热本能总是被好孩子的谨慎所抑制。但是，大自然不可抗拒的吸引力很快使天平倾向了野生世界。在这个新的游乐场，我所有的感官都被唤醒了。我专心致志地行走，牢记地形和土质。每天晚上，触觉取代了视觉，我的身体熟悉了地形，闭着眼睛也能走遍这片区域。这就像你在黑暗中起床时知道灯的开关在哪儿，身体使用的记忆过程完全一样，我只不过是在大自然中应用了它。气味也在变化。例如，荨麻的气味在夜间要强烈得多。连泥土的气味也不一样了。而当我闻到小圣旺池塘潮湿的气味时，我知道游荡就快结束了。如果我再往前走一点，就到了护林员的房子。再往前则是森林，是未知的世界。夜鹰在我头顶上盘旋，它们的飞行发出低沉的怪声，粗哑而单调。我不再害怕。我感觉很好。

在我内心深处有一种自由的本能，驱使我一有机会就逃离。我认为只有一条规则值得尊重，那就是自然的规则。我从不折断树枝；即使是枯木，我也不去触碰。我发明了越来越复杂的仪式，近乎荒唐。我从不靠大树的左侧走，因为我感觉从右边绕过树木时，我所目睹的事件更加重要，次数也更多。这种感觉无法解释。我由此建立了我的想象力，我的精神世界，我与自然的关系，既有据可查、有理可循，也刻着幼稚的神秘主义印迹。

一段时间以来，一只狐狸一直睡在我家花园里一棵枝叶茂密的树下。一个冬日的夜晚，我决定跟着它穿过田野。走到护林员的房子时，我看到它继续一路小跑。也该投身未知世界了。再往前走一百多米，在森林的边缘，年轻的狐狸在我面前钻入洞穴。我以前从未冒险离开卧室这么远过。风总是吹向同一个方向，带着田野里所有的气味。黑暗突然变得更加浓密。声音也有变化。新的声音不计其数，因为生命就在那里，在森林深处。我又往前走了几十米，时间刚好够我感受到神秘气氛产生的肾上腺素引发的小小战栗,然后就转身回家了。事实上,没有什么可担心的。危险从不来自森林。动物们很清楚这一点,在田野里才需要警惕。森林令人惊叹,令人着迷。我每天晚上都冒险走得更远一点,但总是小心翼翼,不愿草率地惊动它。一天晚上,我与一只鹿面对面。我在夏末经常听到它们的吼叫,但从来没有胆量接近它们。它们在深夜发出的咆哮对一个十岁男孩来说太有威慑力了。所以这次意外的相遇让我目瞪口呆。这具沉重的身躯离我不到十米远,它每走一步,地面都在震动,我被这个生物散发的力量征服了。我的心跳声在几百米外都能听到。突然间,它转向我,开始用嘶哑的声音吼叫。在它周围,母鹿开始用稍高但同样有力的声音回应它。每一声咆哮都让我的胸廓震动,就像高保真音响的低音炮一样。最终,这头鹿转过身去。我也一样,向它表明我不是为它而来。就这样,我们互相别过,就像在森林中迷途相遇的两个生命。片刻之后,默默钻进被单,我意识到这头鹿给我上了迄今短暂生命中最美丽的一课:动物对我没有恶意。我已经想再回去了,但我必须耐心。野生世界并不向偶然邂逅的人开放。

此后,一等到屋子里的人睡着,我就会爬出卧室的窗户,溜到乌鸫篱笆后面,从栅栏下面爬出去,穿过夜鹰的领域,回到大树的阴影和动物的簇拥中。最初引导我来到这里的狐狸带我发现了它们打洞的邻居:獾。我在头顶上发现了猫头鹰。啊,如果说森林里有一种动物让人不寒而栗,那无疑就是猫头鹰了。这是个无声的捕食者,什么都不怕,谁都不怕。在森林永不停歇的低语中,听不到它飞翔的声音,但如果你激起它的好奇心,它会毫不犹豫地尽可能地靠近你。第一次与猫头鹰交错而过时,我还在回味电影《侏罗纪公园》中但丁式的场景。在我还没发觉时,这只动物落在离我不到两米远的树枝上。突然,它毫无征兆地发出了"呜呜"的叫声。我向后一跳,被树桩绊倒,四脚朝天,双目圆睁,屁股陷进烂泥。森林的夜生活令人兴奋。许多动物在夜间进行它们的日常工作。小动物和大动物都一样。但有些动物似乎永远都不休息。松鼠就是这种情况,我看到它们白天在花园里散步,晚上则到处乱跑。它们什么时候有时间睡觉?这个问题一直困扰着我,直到我意识到自己的错误。在翻阅一本关于森林世界的图书时,我才明白,我在晚上观察到的那些活泼好动的小型啮齿动物不是松鼠,而是睡鼠。它们浓密的小尾巴误导了我。

所有这些童年的元素都仿佛告诉我,野生世界在某个地方等着我,等我摆脱人类的枷锁,森林会在那里欢迎我。我对这一预言深信不疑,以至于有时在入睡时紧握双手,祈祷自己在夜里变成一只狐狸,能够在清晨卧室窗户打开时,小跑着奔向我梦寐以求的广袤森林。现实远没有那么令人兴奋。我几乎独自生活,没有任何朋友和同学,从来没有假期,也没有学校组织的外出活动,除了夜游,我就坐在书桌前,通过函授跟着法国另一端的老师学习,或在花园里骑自行车绕圈。在极少数被允许外出的情况下,例如去购物,我有时会和店主交谈,他们问我关于居家学习的事。我对所有人的回答是,这种情况非常适合我,因为即使我内心深处觉得有什么不对,也无法和其他孩子比较。

事实是,随着时间的推移,这种强加给我的生活变成了一种道德上的折磨。以至于在十六岁时,我决定不仅要在森林里过夜,还要在森林里度过白天。在中学毕业会考当天,这场叛逆达到了顶峰。我决定把准考证扔到玉米地里,凿沉学业这艘船。

松树林。我习惯在风暴肆虐的时候来到这里。松树是有效的防风屏障，经常形成微气候，可以升温一到两度。用落在地上的松果和针叶生火很容易。

因为那几年，我发现自己对博物学插图情有独钟，想学习绘画。然而，家里要求我学习"商业行为与传播"。我甚至不明白这些词的意思。最后，我懒得继续抵抗，同意参加"销售能力"课程，并从函授摄影课程中找到了安慰。我对野生动物的热情丝毫未减，一心想做点什么。随着我一次次进入森林，我意识到野生动物能辨认我的气味、我的不同姿势和我的态度。它们接受我融入它们的环境，直到我成为背景的一部分。这占用了我大量时间，我在森林里一待就是几天甚至几周，借口说这是一个长期的摄影工作。回家后，他们对我说，我所做的不是一个职业，不能以此谋生。但钱对我来说不是要务。我寻求的是心理上的稳定性。活在当下，像森林里的动物一样，让我回到自己在万物秩序中真正的位置。动物们告诉我，我越思考，就越陷入危险的感觉中。我过去的问题，与未来不确定性相关的问题，再加上想要控制当下绝不放手的意愿，正在慢慢摧毁我。但是，观察周围的大自然，让自己沉浸在荒野之中，却能以千百种方式唤醒我的心灵，使我更加清醒。

一段时间下来，我已经记不清在森林里度过了多少时间、多少小时、多少天。我的生活更加充实，我感受到更多的快乐、神奇和宁静。但我并没有脱离现实。为了不陷入病态的贫困，我为本地报纸拍摄了一些体育赛事，使我能够购买衣服和食物。当然，没有人相信我，我也没有得到精神支持。他们试图诱导我，想向我证明是"族群"在保护我，没了"族群"我不可能独自生存太久。但他们越是想困住我，纽带就越松散。然后有一天，决裂了。决定了，我要去森林。拉封丹的一则寓言相当准确地描述了我此刻的感受。这则寓言题为《狼和狗》，故事是这样的：

一头狼骨瘦如柴，

因为狗都非常警惕。

这头狼遇到了一只高大威猛的狗，

它膘肥体壮，彬彬有礼，但不小心迷路了。

狼很想扑上去

把它撕成碎片，

但这样就必须战斗，

看狗的身材

一定会勇敢反抗。

于是，狼谦卑地走近它。

攀谈起来，恭维它

他的健壮令狼钦佩不已。

狗当场回答："要像我一样壮，

"这只取决于你，英俊的先生。

"离开森林，你会过得很好。

"你的那些同伴在那里很悲惨。

"都是傻瓜、穷鬼和可怜虫。

"他们的生活条件只能饿死。

"为什么？因为毫无保障：没有免费的馅饼。

"为了一口吃的都得拼命。

"跟我走，你的命会更好。"

狼说："我要做什么呢？"

"几乎什么都不用做，"狗说，

"赶走拄拐的人，还有乞丐；

"奉承家里的人，取悦主人；

"作为回报，你的报酬

"将是各种美味的残羹剩菜：

"鸡骨头，鸽子骨头。

"更不用说那么多爱抚了。"

狼已经沉浸在幸福中，

这让它流下了温柔的眼泪。

路上，它发现狗脖子上有一圈皮上没有毛。

它问："那是怎么回事？""没什么。""什么？没什么？""小事一桩。"

"到底是怎么回事？""你看到的，

"也许是因为拴住我的颈圈。"

"拴住？"狼说，"那你就不能去你想去的地方？"

"并不总是如此；但这又有什么要紧呢？"

"这太重要了，你的饭

"我不想要，

"给我一座宝库也不要。"

说完，狼大爷扭头跑了，自由到今天。

这个故事的寓意，我是这样理解的：宁可贫穷而自由，也不要富有但受束缚。

2

我对森林王国的远征从四月开始,我决定尽可能食用本地产品,遵循素食倾向的杂食性饮食。我无法想象生活在一个环境中,同时又以栖居其中的野生动物为食。我的人类价值观没有离去,我仍然敏感地意识到尊重他人的必要性,虽然我承认,自然界充斥着捕食者,它们别无选择,只能以杀戮养活自己,从而得以生存。为了在森林中找到食物,我必须首先创建一块集中储存食物并加以防护的领地。因此,我的第一个目标是学习松鼠的组织工作。我用摄影攒下的积蓄买了很多罐头、饮用水和一大堆我认为需要的工具,以便在这个说实话相当恶劣的环境中生存。我把这些都藏在一棵树下我以为只有自己知道的一堆盘根错节的树根之间,埋在一堆树枝和枯叶下。唉,几天后,野猪发现了我的宝藏,大快朵颐。所有罐头都被它们像剃刀一样锋利的蹄子撕开了。我的宝藏被踏碎,散落一地,挥霍一空。没有什么能抵挡住野猪群的强力践踏,它们只留下一片狼藉,仿佛在对我说:"你以为你在哪儿?"我当然为此心烦意乱了几分钟,但然后就必须冷静下来。在必要时,大自然会以奇特的方式让我们找到自己的位置。从此,为了保护我微薄的财产不被贪吃而好奇的家伙夺走,我把小包裹埋在偷猎者从前挖的陷阱里。这些陷阱约八十厘米见方、两米深，从前用于捕捉狐狸和獾。我移走了底部的致命木桩，并用坚固的木板覆盖表面，防止散步者掉进去。

这段插曲让我意识到，背着五十升背包去购物，然后再把这些东西带回森林是过度疲劳的根源。而在户外生活时，疲劳是一个不容忽视的参数。事实上，为了生存，最有效的策略是尽可能利用身边的东西。树莓叶、桦树叶、鹅耳枥叶、浆果、"干"果，如栗子、山毛榉果实、瘦果或榛子，以及车前草、蒲公英、酸模和许多其他好吃或不好吃但营养极为丰富的植物。从那时起，我只在口粮匮乏时才利用外来食物。把这些食物拿出来甚至都成了一个值得庆祝的时刻；哪怕只是一盒最普通的意大利饺子！

最后还有一种美食来源，那就是猎人放在树下让野猪育肥的食物。西瓜、西葫芦、西红柿和其他蔬果都被我据为己有，还有面包，不含盐，但毕竟是面包。我是通过跟踪野猪、狐狸、獾等动物才发现这种盗窃行为的。它们经验丰富，于是给我指了路，每过一天，我就更接近它们一些，也变得更狂野一些。不知不觉中，我虽然不懂动物行为学，却也逐渐成了森林的主人。我遇到的野猪、雄鹿和母鹿、狐狸越来越接受我进入它们的领地，但仍与我保持距离。几个月后，我感觉自己已经融入了最奇妙的环境——森林世界。就在这时，我遇到了一种神秘而迷人的生物，让我对野生世界大开眼界，那就是狍子。

一个晴朗的早晨，当我在路边拾取树叶啃食的时候，一只狍子——我后来给它取名叫达盖[1]——穿过小路，在离我几步之外

---

[1] Daguet，法语意为（不足两岁、鹿角尚未分叉的）幼鹿。——译者注

松果大战。松鼠爱戏弄人，领地意识强。躺在它们的树下时，它们会毫不犹豫地向我扔松果和任何其他触手可及的东西来吓唬我。

停住脚步。我慢慢地蹲下来。我被它那双又黑又亮的大眼睛迷住了。它抬起头，耳朵朝向我的方向，白斑上的毛都竖起来了。我们对视了几分钟，我感觉似乎过了几小时。它看向旁边，好像在邀请我和它一起探索森林。它缓慢而优雅地转身，钻进灌木丛。我被某种比自己更强大的东西触动了。我感受到了森林的召唤。我双腿瘫软、呼吸急促。该是离开人类世界、生活在狍子中间、更好地了解它们的时候了。

3

我在一片荆棘中就餐，那里长了很多小叶片，虽然味道有点淡，但很有营养。品尝了三刻钟"沙拉"后，我看到达盖的小脸蛋从面前的荆棘丛里探了出来。达盖没有像其他狍子那样马上逃跑，而是选择留下来观察我。我估计它一定在那里待了一段时间了，因为我没看见它走过来。几分钟后，我走出荆棘丛休息，假装无视它的存在。它看着我离开。白天就这样过去了。傍晚时分，我趁着夕阳西下时的凉爽，在林间空地吃欧蓍草叶。这时又遇到了达盖，它像是不动声色地到处跟着我。它的好奇心让我吃惊。它似乎下定决心，想更加了解这个不请自来闯进它家的新人。日复一日，我们的关系随着我们在共同领地上的会面而不断加深。

今天我要试着跟在它屁股后头。一阵凉爽的北风吹过仍然光秃秃的树冠，达盖躺在一棵树下反刍。我慢慢走近它，不时拾起几片叶子。我躲在能够利用的每一棵树后面，以免被发现。如此重复几次，它还是一动不动。难道我已经练就了过人的隐身本领？除非它是假装没看见我。为了弄个明白，我挪到藏身之树的左边，这样我就处在它的视野里，它不可能看不见。然后，我半蹲着慢慢靠近。达盖还是平静地看着我。这真不可思议。从一开始,这个淘气鬼就一直在玩弄我,让我像个白痴一样从一棵树后头蹿到另一棵树后头。离它还剩十多米时,它站起来,伸了个懒腰。我停下来。它打量着我。我们在那里站了足足半个小时。一个绝对神奇的时刻。它的存在滋养了我。我感觉与它和围绕我们的自然万物完全共融。达盖将我融入了它的环境,而我是第一个拥有这种特权的人。我的心和灵魂得到了安宁,大脑处于停滞状态。此时此刻,我的整个存在仅受一条法则支配,只有一条:尊重。几分钟后,我产生了第一个想法:但愿我们不被其他人类打扰。如果它把我和其他人联系起来,那就太糟糕了。美洲印第安人说,在猎狍子时不能过于关注它,因为动物会察觉到你的想法而逃走。这在我看来完全合乎逻辑。想法会转换为情绪,情绪会转换为气味。因此,我试着产生一些积极的想法,希望能保持与达盖的无声对话。

一段时间过后,我的腿麻了,当达盖终于开始迈步时,我不知道怎么办才好。我慢慢地跟在它身后,保持约十米距离,仍然蹲着。它的耳朵朝后指向我的方向,分析着我的一举一动。地上的枯叶在我脚下咔嚓咔嚓作响,不时惊吓到它。它会蹦跳几步,然后停下来,转身等着我。我觉得很兴奋。我正在经历一个绝无仅有的时刻,与一头试图习惯我的野生动物在一起。我直起身,我能想象它需要付出多大努力,才能克制对人类的本能恐惧,而不至于一看到站在面前的这个一米七五高的大块头,就以每小时一百公里的速度狂奔而去。突然,远处传来一阵鹿鸣。一定是西波安特,另一头我经常遇到的狍子,它也对我的出现感到好奇。达盖对鸣声立即作出反应,以惊人的速度向那个方向跑去,留下我像个傻瓜一样独自站在橡树林中央。

要和狍子一起生活就必须放弃一些东西。总体而言，你必须放弃一切人类社会生活准则，比如在离开时说"再见"。还必须放弃某些习俗，如在固定时间进餐或在晚上睡觉。通过达盖，我发现了森林夜生活的复杂性，我试着尽可能地融入其中。但我已经累得不行了！我想睡个整夜恢复精力，可经常被吵醒，而且很难重新入睡。猫头鹰的阴笑，狐狸的嚎叫，尤其还有野猪，所有这些动物发出惊人的喧闹声。四面八方，吱吱喳喳，尖叫低吼，奔来跑去。去年出生的野猪仔出来玩耍，用鼻尖碰碰我，然后又马上跑开。但睡眠的最大敌人是寒冷。我有好几次出现失温。每次情况都一样。我睡着了，开始做梦，突然醒来，感觉全身麻木，想要呕吐。几周后，睡眠不足让我产生了幻觉。我听到声音，看到幻影，有时甚至觉得自己在飞。老实说，我精疲力尽！我的神经像一团乱麻，肩膀沉重，脑袋至少有一吨重。更糟糕的是，我现在看东西都模糊了！我开始严重怀疑这场冒险的结局。

问题在于我从来不休息。白天，我寻找食物，搭建小棚子遮风挡雨，这耗费了我大量的时间。小棚子的问题是很快就会招来昆虫，所以每天都要重搭。一天早上，我把一切从头梳理了一遍。如果我想生存下去，就必须采取一种不同的策略，更高效地组织我的生活。现在是春天，在冬天来临之前，我还有两个季节来适应，否则探险到时就结束了。我一定是遗漏了什么，或者做错了什么。通过观察达盖，我找到了答案。无论白天还是晚上，狍子的休息周期都很短：根据天气情况，平均一到两个小时。我决定效仿这位冒险伙伴的生活节奏。它起身只为大吃大嚼，摄取数量惊人的植物，然后重新躺下反刍（我只有一个胃，所以打坐沉思），再次入睡。其余时间则根据季节，用于游戏、求生、繁

达盖。第一头信任我的狍子。是它为我打开了森林的大门。这片森林构成了达盖领地的很大一部分。如今被一条公路穿过。

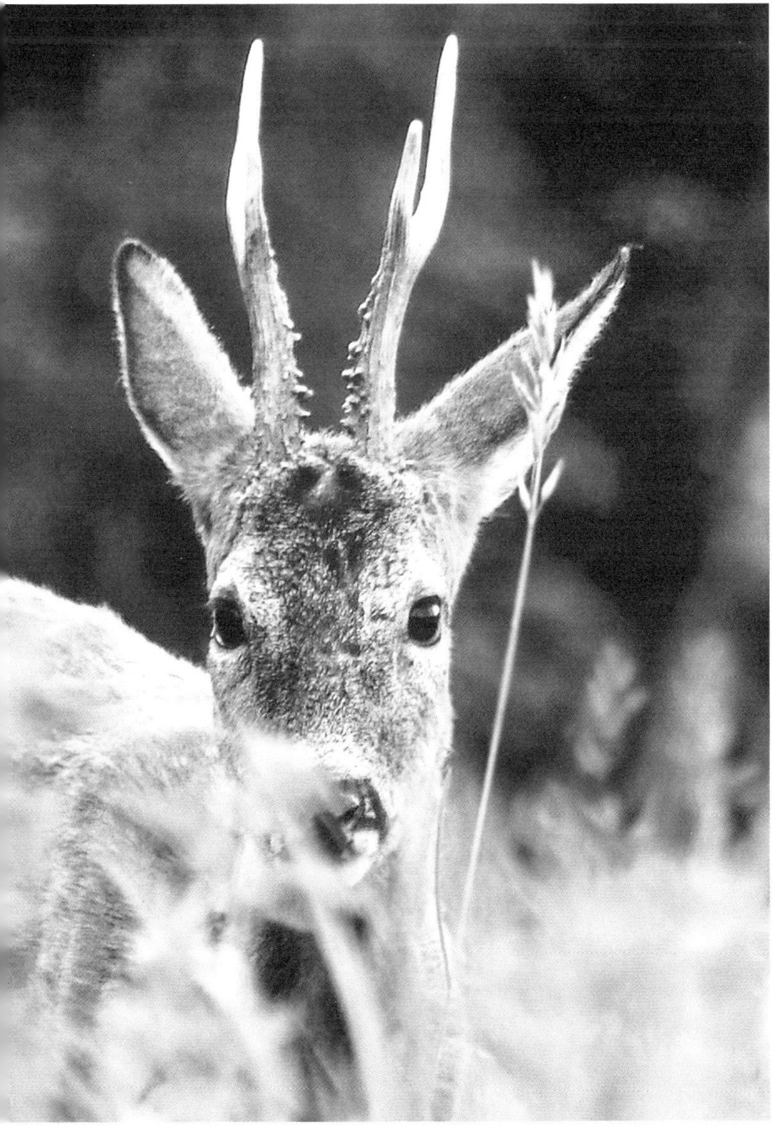

衍或标记领地。最终，通过观察我的狍子朋友，我学到夜里并不一定要睡觉。前提是时不时地休息一下。我会蹲下来，最好是在一个干燥的地方，右手放到左膝，左手放到右膝，头垂在两臂之间。过一会儿，嘴里积聚起的唾液会把我唤醒。这样一来，我的身体就来不及陷入失温状态。作为补偿，我像达盖一样白天睡觉，每次睡大约两个小时。这让我有时间觅食，尤其还能在森林各处都储备一点木柴：能够在夜间随时随地生火而无需寻找木柴至关重要。我就是这样了解到，森林里的夜晚比白天更有生产力。动物早就明白，在夜里不容易被看见，因此风险更小，可以放下警惕，自由漫步。

清晨，在我可爱的狍子朋友身边，看着太阳从草地上升起，让薄雾和仍然结霜的野草闪闪发光，这种感觉无可替代。我正把梦想变成现实。我再也不可能回到过去。一个新人在我体内诞生，他选择了自由的道路。达盖欢迎我进入它的私生活，而随着我日益采纳它的生活方式，我找到了一位狍子兄弟，它很快便成了我心目中的真正家人。

4

从决定在森林生活的那天起,我就再也没有质疑我的人生方向;我选择了唯一可能的道路,驱使我的是一股从幼时就把我推向森林王国的力量。我不想像米歇尔·图尼埃名著中的鲁滨逊一样[1],赤身裸体地经历这场冒险,击石取火,无视一切现代科技。尽管如此,这场奇特的探险需要一定的严肃性,因为我在森林里的朋友们很快就会紧张起来。我必须保持它们对我的信任,不能太频繁地屈服于诱惑,回到人类世界休息几天、喘口气。尽管刺骨的寒冷、多变的天气和饥饿折磨着我,但我时刻绷着这根弦。我这些小朋友的生活比我的更重要,它们是否愿意和我一起继续冒险,将取决于我的精神状态。因此,除了最起码的必需品,我把现代世界拦在森林之外。首先是抗寒的替换衣物:两条帆布长裤和一条牛仔裤,若干羊驼绒秋裤、亚麻或麻质T恤、羊仔毛毛衣和两顶水手帽。我早就放弃了棉制品,因为似乎不可能晾干。为了防止这些衣物腐烂,我把它们装进密封袋,放在背包里,全部埋在森林的一个战略角落。烹饪方面,我只有一个铝制小煎锅和一个烧水锅。我还有一把户外生存刀,用于切割、挖

---

[1] 法国作家米歇尔·图尼埃(Michel Tournier,1924—2016)曾根据《鲁滨逊漂流记》创作小说《礼拜五——太平洋上的灵薄狱》。——译者注

森林。清晨,温和的阳光带来的热量可以"烘干"夜晚时有的湿潮。露水凝结在路边的植物上,并使叶片变得鲜嫩多汁。

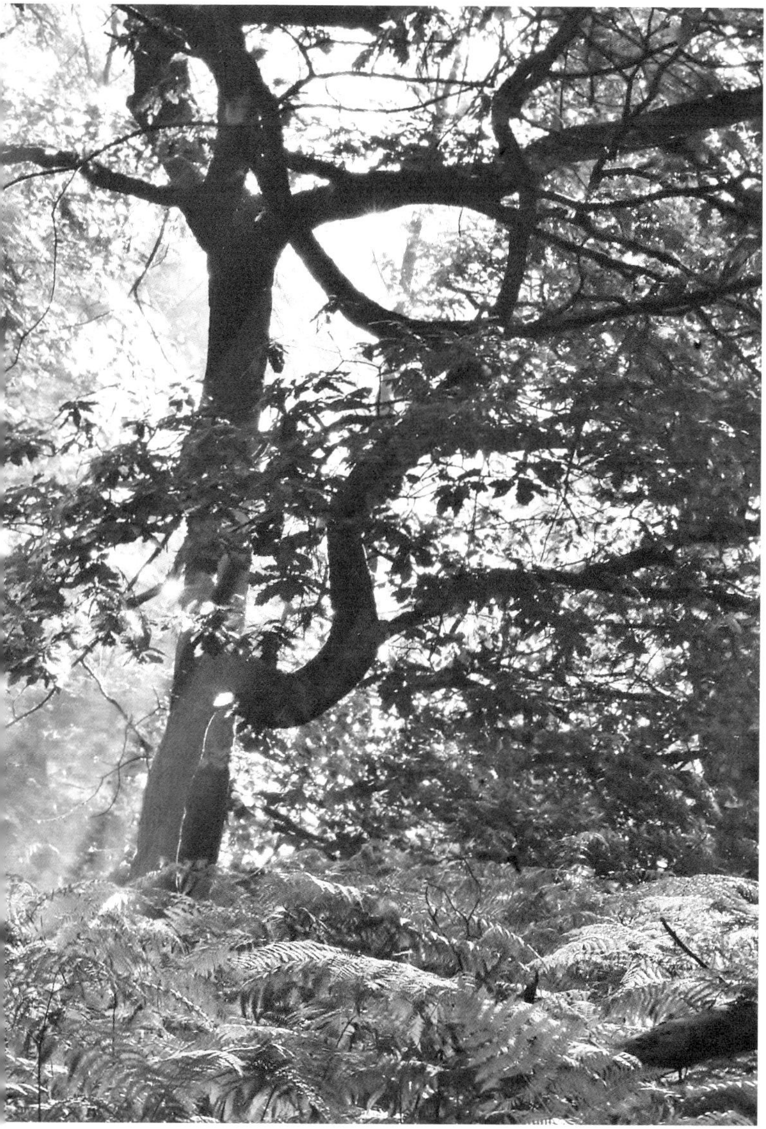

掘、切削、削皮、修剪。一个为照相机而备的太阳能充电器，还有一个打火机和我的身份证，我把它们放在一个圆形金属盒里，盒子的盖子背面有一面小镜子。镜子非常有用，特别是在诊断不幸位于脚底或后背的昆虫叮咬时。

我知道我生活在摇粒绒和全塑料的时代，一个总是沉迷于过度消费一切的社会，一个崇拜浪费和无用的社会，一个消灭了甚至最值得尊敬的人的价值和荣誉、建立在随时可能崩溃的经济基础之上的系统中。所以很显然，知道在森林里吃什么、如何在冬天或在风雨中生火、如何建造庇护处以及如何获得在荒野中生存所需的一切让我安心。

但要注意的是，完全自给自足是在漫长的过渡期后才能实现的目标。无法一蹴而就。最大的困难是过冬，这个季节食物匮乏，比较麻烦。所以必须学会存储。第一步是在春天采摘植物。为了给它们脱水，我在多次失败（虫害、腐烂和其他有害真菌）后，开发了一种几乎万无一失的技术：白天装在网兜里挂在树上晾晒，晚上用密封袋避免潮湿。荨麻、薄荷、牛至、野芝麻、绣线菊、欧蓍草、当归……想要准确区分可食用植物和有毒植物，并了解每种植物的能量，当然必须经历一段学习过程，而且急不得。例如，没有人采摘当归。这是有原因的：它看起来很像毒芹，雅典人用这种著名的植物制成毒药执行死刑，毒芹的致命性因伟大的苏格拉底而流传了数个世纪。熊葱也是如此，它是一种富含矿物质的美味植物，但很容易与秋水仙混淆。秋水仙的问题在于吃了以后会像婴儿一样睡着。而待几天后毒性发作，毒素已经悄然侵入肝脏，最终导致肝脏衰竭。还要谨防食用过量。例如酸模是一种滋味很重的植物，嚼起来很香，但如果大量食用，消化起来那就要了命了。除了矿物质，还要考虑蛋白质摄入。一入秋，就到了收获栗子、榛子、橡子和无动物蛋白的均衡饮食所需的所有坚果的时候。这时的储存工作更容易。我像小松鼠一样把它们储藏在岩缝或树洞里。最后还有一个棘手的问题，就是维生素。主要来源是春夏之际采摘的水果。然而，水果不经消毒难以保存，而我无此条件。唯一的解决办法是让我的身体养成储存维生素 C 以备过冬的习惯，就像动物一样。这种方法听起来可能很极端。但我多年里一直这样施行。总而言之，如果你的食物储备得当，不发生太多意外，身体也特别耐受，预计可以在一年后实现食物自主。

事实上，我逐渐减少了工业食品消费量，代之以采摘的植物。我发现了小花柳叶菜，它的根可以食用，过去称为"万能药"，用刀掘出来生吃。还有荨麻根、树莓根和野胡萝卜。不必自欺欺人，老实说这些植物一开始全都难以下咽。从一切都充满糖和盐的美食世界转变为苦涩辛辣的饮食，这并不容易。所有这些植物和根茎都对健康有益，但味觉上的满足就别想了。以紫花野芝麻为例，这种植物富含在森林中生存必需的蛋白质和微量元素，但味道就像一勺堆肥。更让人惊讶的是，另一种富含蛋白质的植物紫草的味道略像鳗鱼。幸运的是，并非一切都很糟糕。几个月后，淡忘了玉米片的甜味，一些天然食物，如苜蓿花或白桦树汁就会显露出十分怡人的甜蜜。

过冬不仅要与饥饿作斗争，还要与寒冷作斗争。在这场斗争中，我偏爱那些久经考验的天然材料。首先，绵羊毛保护我抵御最寒冷的温度和最恶劣的天气。即使湿了也能保暖的唯有羊毛。另外我把几层不同大小和织法的毛衣套在身上。最内层的厚实紧

美食家。鹿吃草，营养价值低，食量大。与它们相反，狍子精确地选择食物，摄取植物中的某些单宁酸，这对它们的健康不可或缺。

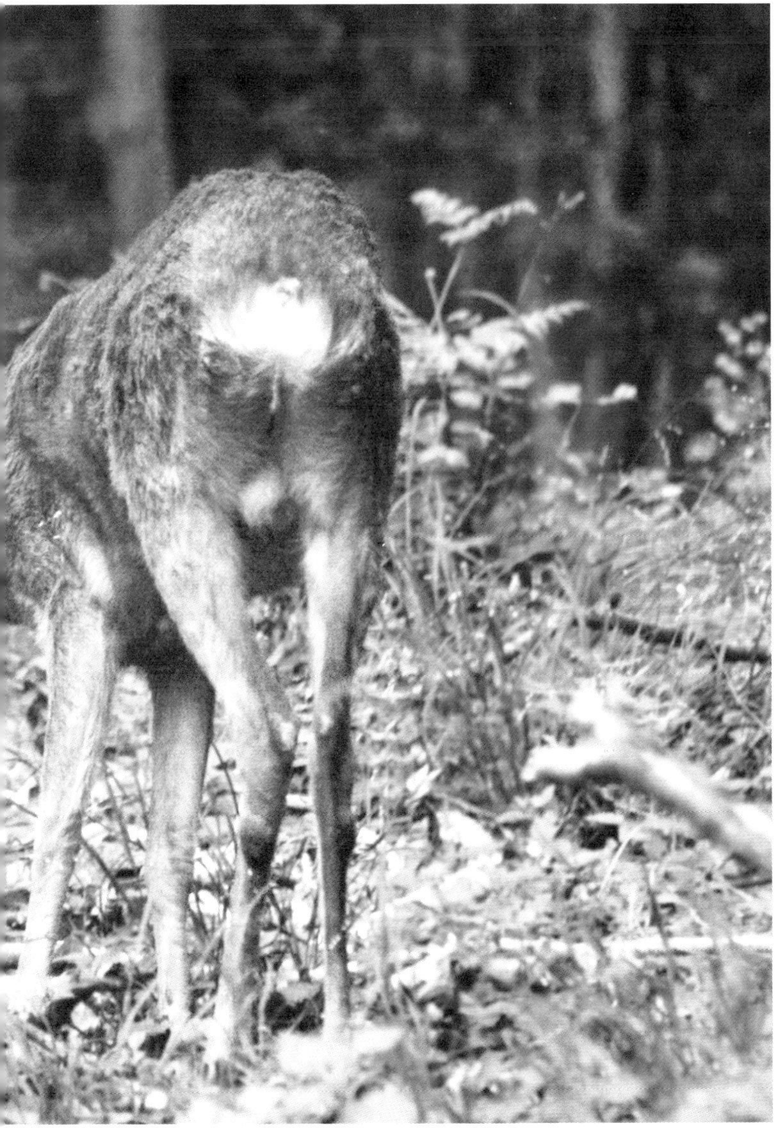

密，贴肉保暖，模仿狍子身上的底绒。在它外面套上第二件中等大小的毛衣，锁住热量，但不妨碍通风透气。第三件是粗羊毛的，可以阻挡湿气和冰冻。下雨时，它会吸水膨胀，但不会过快地将水分传递给另两层毛衣。只需把它脱下来，拧干甩掉积水，然后再穿上即可，由于身体比外界温度高，水分会自然蒸发。我很少穿派克大衣，因为这种服装的缺点是会把汗水闷在内部，让人冰寒彻骨，增加失温的风险。长裤里面的紧身裤是羊毛的，帽子和手套也是如此，效果非常好。袜子是羊驼毛的。只有鞋子采用了 Gore-tex 面料技术。

为了与狍子和谐相处并跟在它们身后行走，我还得摆脱干扰野外体验的思想漩涡。这当然是最难的部分。但一年后，我体会到人类世界从某种意义上来说太无知了。独自在森林里和狍子在一起时，我什么也不想，我不会用语言或定义来描述看到、呼吸到或听到的任何东西。我满足于在那里，和它们在一起，感受自然，而不是剖析自然。我很少说话，以充分调动直觉。我挑战自己，通过模仿、观察、试着理解达盖来了解它。它似乎同样好奇，甚至更想了解我！我就这样让自己的感觉主导一切。利用这个机会"存在"，而不是"做"或"思"。我很快就折服于这种调皮捣蛋的小动物的魅力，要知道，它们的生活艺术和方式有时会损害我们的利益，甚至经常破坏我们的菜园或果园。为了永久地记录那些时刻，也为了之后集齐一本"家庭影集"，条件允许的情况下，我有时会携带一部使用充电电池的相机。我会在口袋里塞上几块电池，定期更换。不幸的是，电池在低温环境中坚持不了多久。我的小型太阳能充电器在光线昏暗的森林里也做不了什么。

适应自然界是一个漫长的过程，需要耐心。新陈代谢的变化。心灵的变化。身体下意识反应的变化。一切都在变化，缓慢地变化。我必须接受自己的可塑性，接受我的身体正在适应，需要时间，而不是试图驯服身体，因为那行不通。森林本无好坏可言，它只是迫使我们不断地质疑自己。

5

狍子是墨守成规的动物,所以我用不着成天去灌木中找它们,无谓地消耗户外生活的珍贵能量,我只需坐在一条小路边,我知道,每天早上,一头美丽的狍子会利用黎明的宁静时光,沿路啃食一些嫩芽。我给它取名为飞箭。草地上结满了霜,阳光抚摸着我仍因春夜的寒意而冰凉的脸颊。我感受到阳光的热量温暖着身体,因为衣服蒸发的湿气几乎浸透了全身。确立各自的领地是一个缓慢的过程,飞箭处于警戒状态。它不时突然抬起头,转过身来,嗅嗅空气,然后继续当下的主要活动:吃。西波安特闻到自己的领地上有一个潜在的对手,在我眼前穿过小径,朝我小跑过来,停了一会儿,想了想,然后继续向前,从左侧绕过我。不过伸直了脖子,一直盯着我,带着嘲弄的眼神,似乎在说:"呦!你也在啊?"它继续前进,直至来到目标,也就是可怜的飞箭面前。我和西波安特还不算是朋友,但我常遇见它,甚至在真正到森林生活之前。我知道它的领地意识很强,脾气也相当暴躁。我亲切地给它起了外号,叫"霹雳火",因为它冲所有活物大吼大叫。它的伴侣"星星"是一只美丽的小母狍,身材修长,眼神顽皮,我一见就为之倾倒。它跟在西波安特身后几步远的地方,似乎没有自己的伴侣那样热衷于标记领地。我从它略显圆润的腹部可以看出，它今年会产下幼狍，而我开始思考要给它们起什么名字。

西波安特认出了处于自己领地最边缘的飞箭。和人类一样，狍子也有一种相当个人主义的生活方式，在标记领地的季节，它们喜欢争斗一番。但对其他一岁左右的雄狍来说不幸的是，西波安特已经成为一位标记领地的大师。一旦过了"呼朋唤友"的年龄，年轻的公狍子通常会尝试在一个既能提供食物又能保护自己的地方定居下来，最好还能成为唯一的住户。为此，它必须把对手赶出自己未来的领地，并努力抵御入侵者。西波安特和飞箭的领地非常接近，有时甚至重叠。显然，我们的这对邻居需要把道划清楚，而西波安特决心与这个自命不凡、正在它的草地上啃草的家伙理论一番！西波安特不时用舌头润泽鼻尖，并且挪到下风位置。飞箭虽然十分警惕，却毫无防备，继续进食。突然，西波安特发出一声响彻黎明的吼叫，冲向飞箭。飞箭惊人地一跃，逃了开去，也吼了起来。它逃得杂乱无章，慌不择路，拐错了弯，闯进了西波安特的领地深处。西波安特停了一会儿，气喘吁吁，一定在想怎么会有如此嚣张的家伙。接着它又跑起来，吼得更响了，尽管飞箭没有经验，但它可不是浪得虚名。它跃过一截倒下的树干，转向右边，飞快地穿过灌木丛，在西波安特眼皮底下消失了。西波安特目瞪口呆，失望之余，转头回到星星身边，不满地咕哝着，用头在周围的植被上蹭来蹭去，更明确地表明这里是它西波安特的地盘，没有它的允许，谁都不能进入。

星星似乎从头到尾都对这项活动不感兴趣。但不要被它的小脸蛋迷惑了，因为我后来知道，雌狍也不喜欢其他雌性光顾自己的领地。雄狍甚至经常根据雌狍的生活区域来创建自己的领地。

雄狍总是确保自己的领地跨越多头雌狍的活动区，这样在七八月份发情的时候，它就可以，怎么说呢……有多个选择。同样，当上一年生的小狍子还待在自己身边，雌狍会让它们明白，它们该走自己的"狍生"路了，有时手段会很笨拙、强硬。不过，许多母亲为女儿提供附属的领地，通常与它们自己的领地相邻。狍子每年都试图尽可能夺回相同的领地，但林业开发会伐除成片的林地，扰乱标记领地的周期，从而打乱它们的生活。这就是舍维同父异母的兄弟"勇气"遇到的情况，它的故事我会在后面讲述。春天，狍子用前蹄刮擦地面做标记，使地面浸染上它的趾短伸肌腺体的气味，这被称为"摩擦"。几周后，为了蹭掉新角上的茸皮，它会在柔韧、尚未分枝的新生小灌木上用力摩擦，然后把前额腺体分泌的芳香物质蹭涂到植物上，以向其他狍子标志自己的存在。这种标记技术称为"涂抹"。之后，当它有时以一种惊人的规律性巡视自己领地时，会用口鼻在低矮的植被上摩擦，再次留下自己路过的嗅觉证据。当狍子在同一棵树上摩擦和涂抹时，称为"扫荡"。正是这些视觉和嗅觉标记的结合，使狍子能够精确地划定自己的领地。雾气渐浓，开始稍稍遮蔽太阳，我丢下西波安特和星星，去找达盖。

波尔森林位于厄尔省，面积达四千五百公顷。森林呈马蹄形，与塞纳河的第四个弯完美契合。从东到西穿越森林，植被从松树和山毛榉渐渐变成橡树和樱桃木形成的密林。我决定在东面一个叫克鲁特的大岬角上扎营，从这里可以俯瞰远至情人岭（Côte des Deux Amants）的整个塞纳河谷。情人岭这个深受徒步旅行者欢迎的地方得名于一首中世纪诗歌，讲述的是一对恋人的悲惨故事：康特鲁男爵的女儿玛蒂尔德和年轻的

松树林中的西波安特。西波安特是我见过的领地意识最强的狍子。它经常吼叫,所以我给它起了个绰号叫"霹雳火"。

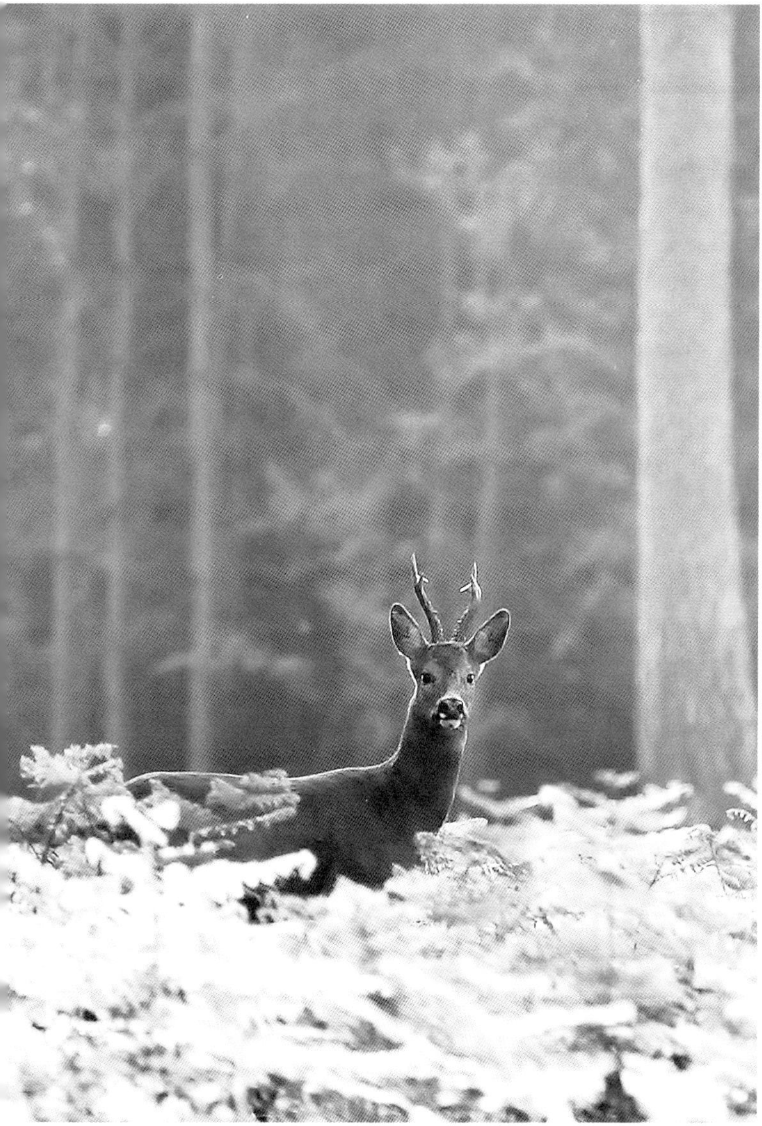

拉乌尔·德·波内马尔。为了考验拉乌尔，男爵强迫他抱着玛蒂尔德爬上一座极其陡峭的断崖。到达崖顶，男孩力竭而亡。玛蒂尔德悲痛欲绝，纵身跳下悬崖。玛蒂尔德的父亲悔恨交加，在被诅咒的崖顶建造了一座极美的修道院，如今这里是散步者的乐园。

我的"领地"覆盖大约五百公顷森林。应该说，我对那里开始熟门熟路了。首先是动物们回窝的所有小径，我对这些路径了如指掌，然后是一些凭借经验总结出来的诀窍。先说气味标记吧，它们至关重要，特别是在夜间。往西边种植谷物的平原走，和往反方向的塞纳河走，气味是不一样的。橡树散发出古老房梁的气息。栗树、蕨类植物、绣线菊，所有这些气味都有助于我找到方向。走近水塘，芦苇和淤泥的气味会钻入我的鼻腔。我的眼睛也习惯了黑暗，虽然还不具备猫的视力，但已经有了很大提升。最后还有触觉。森林之夜，睏睏逛逛吃吃。但如何辨认正确的植物呢？车前草和酢浆草非常相似，不过我只要摸一下叶子就知道面前是哪种植物，因为叶脉的朝向不一样。当然，这种程度的知识不是在星空下睡一个周末就能掌握的。我用了大约两年时间才走到这一步，而森林里还有很多秘密等着我去揭开。

在这个时间，达盖肯定在一棵百年老树那里，它就像大教堂的梁柱一样矗立在年轻的山毛榉之中。光芒倾泻，金色的阳光像长长的瀑布一样流淌在森林上，林中景色在光线的映衬下隐约可见，我在那里找到了我的朋友。它站着，认出了我，仍然看着我。它太神气了，我的森林王子，尽管春季换毛让它看起来有点糟糕。

春天，白昼一日长过一日，狍子褪去冬季的皮毛，换上华丽的夏季外套。背上是优雅的浅黄褐色被毛,有着红棕色色调,看起来像丝绸一样光亮,而前胸、后臀白斑和腹下则呈现出奶油色的色调。相比之下,秋季换毛几乎无法觉察。几天之内,漂亮的夏衣就被冬袍取代。被毛变厚,雌性狍子白斑中间生殖器周围的毛变得更长更明显,雄性阴茎包络处的毛也变得更长。

我感觉达盖似乎有点紧张,好像有什么事情让它不自在。我盘腿坐下,右脚跟垫在左臀下,右臀悬空,半小时换一次边,避免麻木。这种精确性看似无谓,却至关重要:永远不要直接坐在地上,因为如果地面潮湿,那么穿着的每一层衣服都会被水浸透,当天很难晾干。到了夜间,冷冰冰地很不舒服,坏了户外生活的乐趣。最重要的是,在不同的环境温度下,湿衣可能导致冻伤,甚至更糟——失温。达盖站在原地等着。突然它向前方望去,我看到乔科特探出头来。这是一头至少六岁的漂亮雄狍,已经在这里很久了,甚至早在我决定探索森林之前。它是一头极其友好的狍子,尽管年龄大,脾气暴,体格也十分惊人,但会仅仅因为几米外一个松果掉在地上就飞奔起来(这让松鼠们大笑!)。我的年轻朋友在乔科特面前俯下头,展示自己的角。它晃晃脑袋,以更好地震慑对手,并用前蹄抓挠地面。乔科特假装无视达盖展示的"威胁",从旁边经过,仿佛年轻的雄狍并不存在。反正它对这片领地不感兴趣,因为它住在对面。

两只雄狍相遇,有时会用头在树上摩擦并吼叫来解决纠纷。有时也会正面交锋,但这种战斗很少见,伤害也不大。在与它们生活的七年中,我从未目睹这样的战斗,但这并不是说它们不打架。和所有地方一样,有些人比其他人更具攻击性。开始时,打斗看起来更像是一场游戏。虽然如此,但闹着闹着就会来真的。

有时游戏过火，且随着睾酮水平上升，个体的攻击性迅速升级。五月是领地活动的高峰期，一旦确立了边界，冲突便逐渐减少，从而避免了不必要的武力展示。

在达盖身后，我看到另一头一岁左右的雄狍怯生生地走过来。这是布洛克，一只非常年轻、特别胆小的雄狍，它从一片领地游荡到另一片领地，却从未创建自己的领地。它是那些不太幸运的、比较敏感的狍子之一，由于无法夺取领地，夏季只能躲在小树林、灌木丛甚至树篱里，这使它们的生存十分艰难，甚至可以说是灾难性的。这些生活条件艰难的狍子通常是三岁以下的幼狍，或者相反，十多岁的老狍子。有些狍子无论年龄多大，始终也无法获得领地。它们受伤、生病或太老，无法参与竞争，有时甚至死去，身不由己地参与生命的大循环和物种的自我调节。有些当年出生的幼狍由于太弱或不够好斗，并未吸引长辈的注意，所以它们的父亲甚至兄长会给它们第二次机会，在第二年当一名"门徒"。在这一年的晚些时候，如果保护者发生意外，它们会暂时取代其位置，并得到邻居的承认。它们熟悉领地，从"导师"那里学到了一切，必要时还能抵御更大、更强的对手，保卫自己的地盘——至少在来年春天之前。但通常情况下，所有这些"无家可归"的狍子，无论是雄性或雌性，往往被挤出优质的森林地段，在开阔地带漂泊，也吃不上好东西。奇怪的是，在山区，特别是在阿尔卑斯山的大型针叶林中，我观察到，同样处境的狍子行为恰恰相反，它们把家安在森林深处林木最稠密、光线最暗的地方。它们在那里生存，若有某个地区林地恢复（天然生长或人工种植），便会走出原先所在。它们走的是由外向内的路线，因为森林边缘的领地都被最强壮的雄性占领了。

寻求友谊和安慰的布洛克慢慢地向达盖走去，达盖注意到这个同类的弱小，同意和它一起在领地里散散步。我不得不在这里丢下我的朋友，看着它和另一个伙伴走远，因为我觉得后者的恐惧可能会破坏达盖对我的信任。

我意识到，当我的朋友不在这里时，我相当孤独。于是，我想用同样的方法，让达盖、西波安特、星星和飞箭以外的其他狍子也能习惯我，但与我设想的相反，事情并没有那么简单。达盖信任我，我可以走在它身后，这并不意味着看到我们的其他狍子会模仿它、信任我。这要复杂得多，因为必须和每个个体重复操作以让它习惯。即使在冬天群居时，就算获得了一头狍子的信任，也必须单独做其他每一头狍子的工作，迎合它们的脾性，证明我的好意。而我的"小狍子"们都很有个性！冬季，狍子组团而居，每组数量可多达十数只。它们有时会像近亲鹿那样麇集成单独的群落，但这并不意味着结群。我回去找西波安特，但它已经和星星离开了我的领地，去了白垩质的山坡。那里灌木茂密，我很难进入。所以这次我放弃了与它们"更进一步"的尝试。

6

一天晚上,我找到达盖,一起出去玩了几个小时。在这个春天的夜晚,树上的新芽迟迟还未绽出鲜甜多汁的嫩叶,饥饿的达盖开始对荆棘叶表现出厌恶。荆棘叶的优势在于一年四季都有,但遗憾的是,入冬后会变得越来越苦。我们向森林边缘走去,那里有一个典型的诺曼底农场,附带一个漂亮的菜园,诺曼底奶牛在隔壁果园的苹果树下吃草,向这里的胡萝卜、土豆、韭葱和莙荙菜投来觊觎的目光。漂亮的花朵将菜畦分隔开来,这样害虫就不会破坏收成。我们穿过一条公路,在夜晚的这个时候,开车路过的人不多,但还是小心为上。因为被路杀的有蹄类动物中,狍子占到四分之三,它们为公路交通付出了沉重代价。其中一个原因是雄狍在春季的活动增加。幼狍也会分散开来寻找新的领地,而到了秋天,狍子又会受到人类活动,如狩猎或林中远足的惊扰。达盖跃过一米二高的矮墙,然后兴高采烈地一路小跑,穿过仍然湿润的草地,来到菜园。它啃了几朵缀满晶莹露珠的花,轻轻刨出几个胡萝卜和土豆,吃了一颗莙荙菜和一些菜豆,然后在黎明时分,在农夫醒来之前返回森林。天明后,这个地方的主人唯有在家犬的陪同下,接受这次小型夜间花园探险的结果而已。好吧,这不是搞破坏,是饥饿,必须学会分享,这就是乡村生活,毕竟比起野猪上门,这也不算有多严重!我认识达盖才几个月,已经跟着它学坏了!不得不说,我也饿啊。

在冒险的这个阶段,我仍然时不时地返回文明社会,每月两到三次,以恢复体力。我在家中冰箱里发现的加工食品一如既往地诱人。然而,我发现这些食物越来越难以消化。从辛辣苦涩的森林饮食突然过渡到酸甜咸鲜的超市产品真是一种惊人的体验。白奶酪散发出一股令人惊讶的菌菇味。工业面包从未如此难以咀嚼,煮鸡蛋也让我恶心。我会借机拿几个罐头,以补充我在冒险开始时建立的应急储备。我给相机电池充电。事实证明,太阳能充电器在森林的光照条件下完全没有用,这令我非常失望。我洗个热水澡,在儿时的床上睡几个小时,天亮前离开。我避免和父母碰面,他们不赞成我在森林里的这种新生活,总是唠叨。我是否洗衣服?没有。我不想把人类世界的气味带进森林。那会让我的狍子朋友非常紧张。而且我发现,在森林里卫生不是问题。这一点我以后再谈。

我总是对我的朋友达盖和其他狍子选择食物的精确性感到惊奇。达盖的嘴唇极其灵活,舌头又细又长,很容易摘食丛林银莲花、风信子和其他一些据称对食草动物有毒的植物。不过它似乎对那些毒素并不敏感。这是因为它每天都要摄取准确剂量的单宁,以平衡饮食。它的唾液腺,尤其是腮腺,会产生能够消除这些单宁所含毒素的蛋白质。幼狍生下来第一个月就学会了这种知识。母亲把它带到觅食的地方,通过模仿,它会极少量地品尝这些特殊的植物。长大后,狍子对食物极其挑剔,嗅觉极其敏感,无需入口,就能迅速辨别出某种植物是否能满足它的需要。狍子的肝脏是所有反刍动物中最发达的,可以抑制植物为保护自己不被食草动物食用而分泌的有毒物质。另一方面,它没有胆囊,因为有一种非常特殊的过程，使它能够在碳水化合物进入瘤胃被破坏之前直接吸收它们。用肥料种植的作物和新栽的树木对狍子的吸引力远远超过自然生长的植物。更不用说观赏性树种、新品种的蔷薇、欧石南或烟草植物。总之，森林中所有不寻常的东西都会吸引它。这么说吧，我这群快乐的伙伴喜欢糖、盐、苦味，总的来说一切味道浓烈的东西。它们喜欢营养价值高的木本和半木本植物。它们一眼就能分辨出同一种植物是来自苗圃还是自然生长。在美好的季节，树莓、常春藤、苏格兰石南、覆盆子、山楂、桑葚和所有嫩叶对它们来说都有很高的营养价值，当然，前提是树不能太高，因为狍子身材不高，无法享用高处的食物。超过一米二，食物会被比狍子高得多的鹿吃掉。前一年被齐根砍断的树桩第二年春天重新长出的嫩芽也是理想的口粮。森林中生长的许多食物，如树莓，以及橡树、刺槐、樱桃树或黑刺李树的叶子，都是苦涩、辛辣或完全无味的。

我们整天待在灌木丛中，耐心等待西风到来，届时就可以到林间空地、草地、田野，或仅仅是道路边缘去了。不妨想象一下我们终于敢冒险到开阔地食用车前草、酸模、蒲公英和其他许多或甜或粉、或咸或辣的多汁植物时的喜悦。和狍子在一起，那不是**在**森林里生活，而是**靠**森林生活；区别很微妙，但很重要。然而，在寒冷的季节，食物供应较少，荆棘占了狍子饮食的一大部分。为了适应森林中的食物限制，狍子在演化过程中被迫数次适应环境。它们最早的祖先出现在2500万年前，上颌有高度发达的犬齿。由于气候变化导致大型果树逐渐消失，狍子在20万年前的中更新世时期演化成了目前的形态，从腕骨结构来看，古生物学家认为它们的出现远远早于鹿或麂鹿。其他鹿科动物必须

睡觉的达盖。紧张的表相下，狍子其实是一种平和的动物，喜欢慢生活。有一天，我在一条小道旁的荆棘丛边小坐，忽然听到灌木丛里传来鼾声。原来是达盖：酣睡的它对经过的散步者毫不在乎。

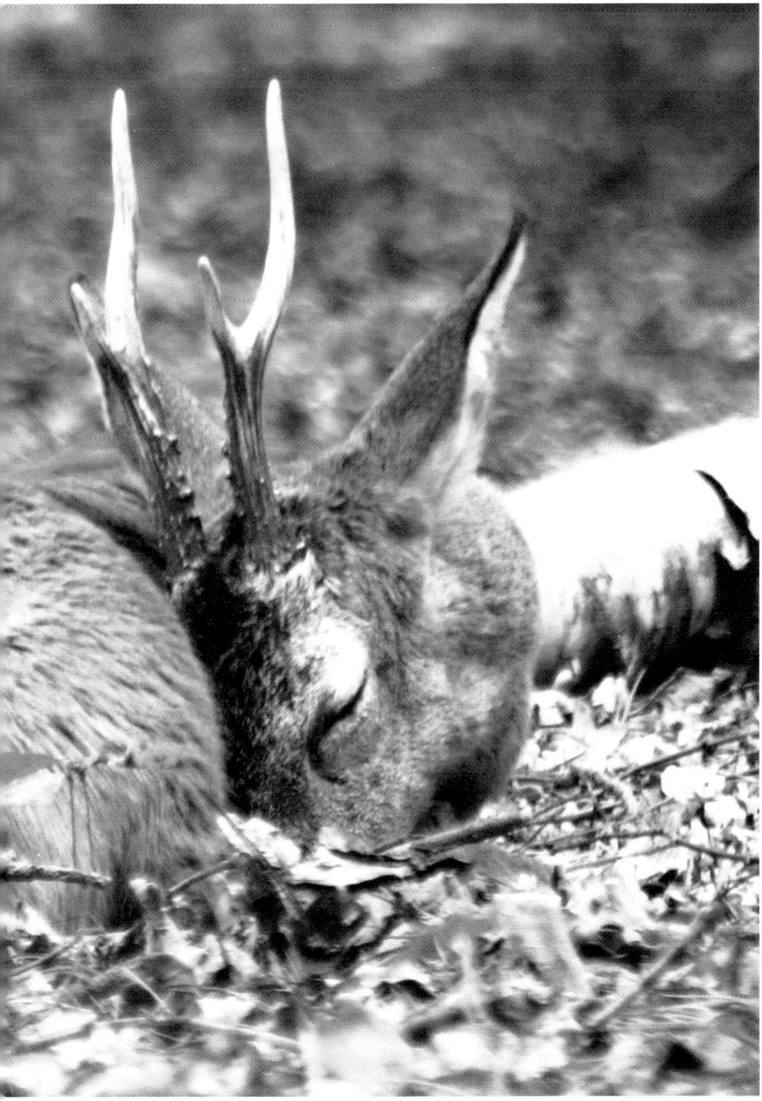

食用大量营养价值低的草本植物，狍子则不同，它们更喜欢"采摘"，因为从树木或灌木上取食对它们来说轻而易举。因此，我把我的同伴定义为美食家，它们选择高营养价值的食物，并且总是选择最好的。叶片、花蕾、浆果和当年的新芽是它们极其多样的口味的一部分，水果也非常受欢迎。我的朋友们在不知不觉中发挥了生态作用，例如，使得某些种子，如花楸树的种子得以散播，它们的消化道成了种子发芽的必经之路。相反，它们极少吃草，因为草不是一种富含营养的食物来源，不足以度日。随着物种的演化，狍子上颌的门牙被一小块软骨垫所取代，当嘴巴闭合时，下颌的牙齿会与之相抵。它们把木质茎纳入嘴巴深处，用臼齿咀嚼，而不是像啮齿类动物那样用门牙切割。生活在森林中的狍子，即使年事已高，门牙的磨损程度也通常比平原的狍子低得多，因为森林中食物的数量和质量以及茎的柔嫩程度都高得多。狍子的胃由瘤胃、蜂巢胃、瓣胃和皱胃组成，非常小（约五升），所以达盖不得不经常进食，每天十到十五次。每次吃饱后，它喜欢在隐蔽处安静地反刍，如果感觉安全，也可能在开阔地反刍。我可以从它的脸上看出这是一个纯粹放松的时刻。但它对周围环境依旧保持警惕，耳朵不放过任何声响，鼻孔不放过任何气味。狍子需要安静的环境消化食物，入侵者（一群鹿、一群野猪或经过的人类）会直接影响它们的用餐时间表。这些不速之客会让它们处于极度应激的状态，频繁发生，会使狍子变得更加恐惧，稍有动静就会惊慌失措，有时甚至导致真正的"歇斯底里发作"。它们在白天和夜间都要进食多次。而随着经验的积累，它们学会了谨慎行事，当黎明或黄昏有太多干扰时，它们会修改"时间表"，在中午进食，以免在关键时刻被打断。

我们回到森林，休息一小时后，穿过一片新种的林子。我们在这片单调而整齐的景观中用餐，从仍处于灌木阶段的幼树上采食嫩叶。橡树、白蜡树、野樱桃，这些对林业人员意义重大的树种似乎特别吸引我的"小达盖"。现在是植物的萌芽期，嫩芽总是让人欣喜若狂。我们就像孩子进了糖果店，面前的糖果一个比一个漂亮，一个比一个好吃。达盖有时会吃植株的顶芽。顶芽并不比侧芽更好，但必须目光放远，因为幼树不会一辈子都这么矮，所以必须维护，以保持食物供应。狍子在某种程度上是森林的园丁，养护植被。这种啃牧不会导致植株死亡，但会调整树木的生长，使它们有时长成多叉的灌木状。对林业人员而言，这类植株没有价值，在"经济上"已经死亡。但在自然界则不同，自然界中的每个个体都会对刺激作出反应，尽可能地保护自己。生命总能找到办法，应该对它有信心。达盖对种植在地块中央的南欧黑松和云杉不感兴趣，至少从食物角度来看是这样。不过，如果冬天食物短缺，它们或许也能派上用场。

我们逐渐离开这片林子，走上一条小路，沿途的欧鼠李和桦树长得杂乱无章。食用了大量植物后，我们在找一个可以安静反刍的地方。我们向哈利的领地走去，它是一头孔武有力的狍子。和西波安特一样，哈利在标记领地的阶段脾气暴躁，我不禁为我无忧无虑的朋友暗捏一把汗。我走在达盖身后，我越是观察它的步态，就越觉得它走偏了。在我看来，它处于一种奇异的状态，似乎有点茫然。由于它大吵大闹，无缘无故地咆哮，甚至在哈利的领地上吼叫，所以没过多久，哈利就出现了。我看到了这头惊人的狍子的身影：它体形魁梧，肌肉发达，鹿角巨大。达盖自信、漫不经心地走向这头最强壮、领地意识最强的狍子。它快乐地跳跃着，哈利一时有些困惑。突然，它对着达盖大声咆哮，达盖愣了一下，转头看向哈利，看起来更蠢了，似乎在说："你疯了吗？你吓到我了！"哈利怒不可遏，冲向达盖，而达盖还在继续犯傻。哈利在离它几厘米远的地方停下来，又惊又恼，后退了几步，再次冲了上去。达盖侧身挨了一击，摔倒在地，哀啼了一声，但又若无其事地爬了起来。那只最大最强的狍子倒不知所措，害怕起来，稍稍走开去，咆哮得更愤怒了。达盖朝我走来，躲到我身后。这下我不好办了，因为如果哈利再次冲过来，我可不想挡在它们中间。但哈利最终还是咆哮着离开了，非常不高兴。它今晚肯定会回来，再次标记自己的领地。我们回到达盖的领地。达盖看起来仍然有些惊恐。它靠着空地边缘的一棵树站定，倚在树干上，看着我。无论如何，它别无选择，只能等这股劲儿过去。原因很简单，达盖醉了！因为秋天的时候，植物细胞中集中了大量的生物碱、皂苷、多酚和其他物质，以保护新芽并抵御冬季酷寒。这可以说是某种防冻剂，被狍子吞下后，会产生与烈酒相同的效果，有时会导致动物在林间小道上蹒跚而行的滑稽场面。几年前，在我所在的厄尔省，一头生活在布特鲁尔德-安夫勒维尔小镇附近的狍子跑到了一家旅馆的厨房桌子下，不肯离开，人们花了一些时间才把它赶走。由于这些物质的含量因植物而异，因此并不影响所有狍子，除了最贪吃的那些。

7

一大早，一种莫名的喜悦涌上心头。达盖越来越习惯我了，甚至敢于走到我的脚边嗅我鞋子的味道。它观察着我的行为，同时保持高度警惕。我注意到，它靠近我时，大多数时候会看我的手，生怕被我的手抓住。但我把手臂紧贴身体，伸出手掌让它嗅闻。这样它就放心了，它可以看到我并没有动。我甚至没有试图抚摸它，天知道这是多么大的诱惑。我们一直走到松林，那里是西波安特的天下。我不知道这是否算得上挑衅，但达盖看起来一定要进去。天色尚早，光线昏暗，四周依旧一片灰蒙蒙。忽然传来轻微的声响，像耳语一样。达盖凭借非凡的听觉，立即捕捉到这些声音，开始搜索，想必是要确定声音的来源。我们小心翼翼地前进。它时常停下来，嗅着空气，似乎很困惑。不是恐惧，而是好奇。突然，在离我几米处，昏暗中，我隐约认出星星的身影。它独自卧着，西波安特不在它身边。看到达盖，星星朝我们的方向嗅了嗅，气喘吁吁地站起来，艰难地走过来，有气无力地咆哮着。达盖谨慎地小步后退。我准备跟上去，但又担心星星，它的状态似乎不太好。我让我的朋友先走，这样我就能留下来观察一会儿星星。

对于六月而言，这个早晨非常凉爽。星星看到我，认出了我的气味。过去几周，我赢得了西波安特的信任，星星更是如此，似乎对我的存在很感兴趣。它是一头经验丰富的小母狍，尽管我们没有一起经历过什么奇遇，但每次相遇，它都对我充满好奇。我对这头非常聪明的小母狍怀有深深的敬意。星星对我毫无表示，在离我大约十米远的地方又卧倒下来，盯着我看了很久，然后好像睡着了。至少我是这么认为的。我没有动弹，这是对的，因为片刻之后，我看到星星慢慢睁开眼睛，目光仍然盯着我的方向。这是个诡计，看我是否以为它睡着了就会靠近它。在和狍子一起玩耍的时候，千万不要自以为比它们聪明，你会吃亏的。随着时间一分一秒过去，我注意到它放松了，信任感增强了。

过了好一会儿，星星看上去更虚弱了，它艰难地站起来，浑身颤抖，像纸牌屋一样面临着倒塌的危险。它向前迈出一步，然后停了下来。我全心全意地祈祷，希望它一切安好。我观察到一股细细的液体从星星的后臀部流出。它嘴里发出几声轻微的呻吟，我看出它正以惊人的力量来抑制疼痛。我向旁边走了几步，想看清它的白斑，这时我才意识到，正在我眼前发生的是生命所能提供的最美的礼物。星星要分娩了！它的疼痛来自宫缩，我正在见证幼仔的诞生，不过似乎挺吃力的。我想这就是西波安特不在场的原因。母狍通常不喜欢公狍在临产阶段待在附近。两条颤抖而僵硬的腿戳穿胎盘，悬在空中。我是那么高兴，那么感同身受，几乎想要去帮它分娩了！但理智告诉我不应该去，应该让星星和幼仔享受这亲密的时刻。我替它分担疼痛，每一声呻吟都让我感受到这头勇敢的小母狍的巨大努力。第一次宫缩，没有结果。第二次宫缩，还是没有。星星再次用力，非常努力。几分钟过去了，又是一次宫缩，然后是另一次，突然，幼仔出来了，掉在地上，发出与体重相称的撞击声：砰！它来啦，我的"小家伙"，欢迎来到地球。

我内心深处感到无比喜悦，仿佛是我把它带到了这个世界。我也为我的小母狍感到骄傲，它在没有任何帮助的情况下，独自面对疼痛，通过了这场生命的考验。我期待着第二只幼仔到来，但没有了。只生了一只，一只小公狍，我叫它舍维。星星稍稍定了定神，然后转向幼仔。舍维浑身颤抖。星星舔着它，为它擦干身子，也是为了建立起未来维系它们的纽带。然后星星把还粘在自己身上的胎盘吃了，因为如果不幸被狐狸或其他捕食者发现胎盘的痕迹，可能会危及尚不能行走的新生儿和因分娩而非常虚弱的母亲。舍维的梳洗结束了，我终于看清这个小小的婴儿，被母亲的舌头舔得浑身的胎毛都卷翘起来。一小时后，这个大男孩就开始尝试自己站立了。第一次失败了。第二次成功了，但几秒钟后又摔倒了，它马上站起来，向前走了三步，跌跌撞撞地走到草丛中。降生的努力让小狍子筋疲力尽，它累倒在温柔甜美的母亲身边。

过了一会儿，舍维再次站起来，这次更加稳当，它把头伸向四个乳头中的一个，贪婪地吮吸起来。母亲要给它喂五个月的奶。星星躺在它身边，似乎也想睡觉，最后又把舍维全身舔了一遍，还在它鼻头亲昵地舔了一下，然后把头转向我的方向。它显然很惊讶，盯着我看了好一会儿。经过所有这些努力，它肯定已经忘记了我的存在。我慢慢地转过身，轻轻地离开，回去找达盖。我的心情很轻松，但头脑中依然激荡不已。星星目送我离开。我知道，在生命的最初几周，舍维会躲在灌木丛中，然后，等它再强壮一点，就会跟在母亲身后行走。在此期间，我不能打扰它，因为尽管星星很了解我，但我不知道如果我的气味和幼仔的气味混在一起，它将有何反应。所以我不打算冒任何风险，就让它安安静静地待着吧。我已经有了达盖、飞箭和其他一些老相识，而且邂逅西波安特的时候，我也许有幸见到跟在母亲后面小跑的舍维。

对母狍来说，分娩可不是一件轻松的事。母狍不会连着生，有些母狍生第一只幼仔和第二只幼仔的时间可能间隔几小时。分娩过程中的巨大消耗会削弱母狍的体力，万一有一只幼仔生得异常吃力，母狍有时就会死去，从而导致母婴三狍俱亡的惨剧，因为新生的幼狍得不到母乳喂养，也会在几小时后饥饿而死！不幸的是，死亡事件经常发生，因为天性决定了母狍会把幼仔安置在不同地方。如果妈妈没有很快回来，第一只幼仔就有可能成为窥伺的捕食动物或失温的牺牲品。头六个月对幼狍的存活至关重要。出生后第一个月死亡率最高，不论雌雄，而人类一直对此毫无察觉。两岁以下的幼狍身体尚未发育成熟，无法生育。它们很少繁殖或根本不繁殖，体重不到二十公斤，很少发情。星星只有一个孩子，因为它还年轻，体重轻，看上去约二十公斤。通过观察我的几个雌性狍子朋友，我发现一头母狍能产多少幼仔与它的体重密切相关。体重越轻，孩子就越少。今天，在附近一片食物丰富的森林（里昂－拉弗雷特森林），我知道一头母狍生了三胞胎，而它的体重接近三十公斤。在没有天敌的情况下，这种现象有助于物种的自我调节。事实上，产仔数的波动与繁殖期食物资源的丰富程度有着不可分割的联系。有些母狍，比如我接下来要介绍的木兰，没有高度发达的母性本能，很多会失去一胎所生的所有幼仔；而有些母狍则比较用心，凭借强势的性格，能够为自己和幼仔征服一片食物丰富的优质生活区。这样就能产出丰富的乳汁，哺育出强壮的后代。如同人性不会改变一样，性格特征会长期存在，因此每年都会出现同样的场景，长此以往，便对整条血脉的延续产生影响。

和所有幼狍一样，舍维降生的最初几天都躲在灌木丛中，母亲知道它在荆棘丛里是安全的，可以在这里积蓄力量。正是这第一周决定了所有幼仔身体的最大生长潜能。一旦度过这个关键阶段，它就能非常敏捷地跟随母亲前往几乎任何地方。为了保护它，星星和森林里的其他母狍一样，表现出不懈的奉献精神。母亲会毫不犹豫地踢走毒蛇，吓跑狐狸，在最极端的情况下，母亲会将自己置于猎人的准星之中，替幼仔挡子弹。尽管如此，天敌仍是造成死亡的重要原因，尤其在初夏，但在积雪太厚的冬季也是如此，因为积雪会减慢幼狍的移动速度，使它们的处境比成年狍子更危险。目前，在这第一周里，星星去觅食时会用一声轻吼"命令"舍维一直卧着躲好，等候母亲回来。星星可能会让它独自待上几个小时。幸运的是，舍维的被毛是一种有效的伪装，在浅棕底色上带有白色斑点。白斑到了七月，甚至在出生后的头几周就会很快褪去。到了八月，原先的斑点图案就已经只能对着光线才能看出了，九月底，幼仔换上各方面都与成年狍子相似的厚厚的冬毛，它的咽喉处还会有一块轮廓分明的白斑，被称为"餐巾"。

这一天余下的时间和达盖一起度过，但我总是禁不住想到这头小狍子，它那么小，那么脆弱，现在就生活在离我不远的地方（这是我第一次也是唯一一次目睹幼狍出生）。这些画面不断在我脑海中闪现。我很后悔当时没带相机，因为我本可以永远记录下这些美好的瞬间。我甚至没有一张星星当时的照片。我心不在焉,最终把达盖给跟丢了,它显然没有等我。一场风暴正在酝酿。我预计风暴不会很猛烈,但我还是决定回到风很难穿透的松树林下。我找了个地方坐下。一小时后,西波安特走过附近,它还不知道自己已经当爸爸了。我试着跟上它的脚步,它也配合了几步,但我和西波安特的情况总是很复杂。尽管我们共处了很多年,尽管它很清楚我对他没有恶意,尽管我走在它身后时它也能接受我的存在,但我仍然觉得,虽然它的头脑已经明白了,但它的身体仍然不情愿。这使它的身体呈现出一种奇怪的姿态,前腿走得很正常,很放松,与头部协调一致,而僵硬的后腿却想要越走越快,仿佛要超越整个身体。所以,我拉开距离,免得唐突它。在这种时候,不应强加任何东西,而应提出建议,由它来选择。我对它说话,告诉它我多想拥抱它、爱抚它,分享它生命中的一刻。我深信,我的语调能让它安心,在它接受的过程中起着重要作用。我听任让它继续标记领地,稍稍远离我,然后消失。眼下,我要在下雨前做好过夜的准备,折下几根冷杉枝,准备"床垫",休息一会儿,在激动人心的一天之后,这对我很有好处。夏天到了,让我们好好享受吧!

8

夏意正浓，达盖对我的信任与日俱增，让我倍感荣幸。天气炎热，天空湛蓝，烈日高照。早晨依然有些潮湿，为了暖和一点，达盖决定到一片空地上的高草丛中睡觉，我把那里称为"狐狸空地"。十四岁那年，我就是在那里拍到了人生中第一头母豹的照片。几周后，我以为回到那里也许还能再见到它。但是，一头漂亮的黑狐在不远处的洞穴里安了家，这无疑抑制了母豹去那里散步的愿望。更何况，当时已是暮春时节，如果它正怀着孩子，肯定不会冒险去那里。达盖啃了几口草，我则趁机"借走"了猎人放在几棵小苹果树下的西瓜和甜瓜，树干用木桩和铁丝网保护着。这些"包裹"并不是给我的，但我相信野猪不会因为我拿走了给它们的贡品而责怪我；而且我觉得它们已经够肥了。

肚子里装满了水果，我在空地上躺下。达盖向我走来，意外的是，它依偎到我身边，用一种满足和自信的表情看着我。我感觉到它温暖的身体贴着我的腿。它把头埋在膝盖下，蜷起来休息。我有一种难以置信的冲动，想把手放在它身上抚摸它的皮毛，但我又怕它不喜欢，以后不再靠到我身上。过了一会儿，它稍微抬起头，打着哈欠看着我，然后把头枕到我的大腿上，我的手就搁在旁边。我趁机用拇指轻轻抚摸它的脸颊。它似乎很享受。我轻轻地移开手，放到它的背上。我抚摸了很久，观察它的反应。它放松下来，闭上眼睛。有时它的肌肉会微微颤抖，但要明白，它是一只野生动物，根本不知道什么是人类的爱抚，所以这是完全正常的反应。我也有些颤抖，这对我来说也是第一次。随着我的抚摸，它的肌肉不再那么紧张，最终安然入睡。有时，它会稍稍呻吟、咕噜几声，或用爪子轻轻地挠几下。一定是做梦了。它显然睡得很香，因为我能感觉到它的身体越来越沉，靠在我身上。狍子不是一种喜好身体接触的动物。不过，当两只狍子投缘，互相舔舐、清洁身体也是常有的事。在一年的任何时候，这种亲昵举动都会反复出现。更不用说在交配季节了，亲热举动会更多，因为这说到底是向"心上人"的"求爱"之举。无论如何，我的朋友似乎很喜欢我的抚摸，我也很高兴能够给予它爱抚。

我们继续享受这个宁静的早晨，蜜蜂在头顶盘旋，围着散落在草地上的几朵鲜花采蜜。没有任何声音打扰这完满的时刻。我借机向远处眺望，因为在森林里生活时，视野永远不会超过二三十米。"呼吸"的感觉真好。突然，我看到远处有人。他们朝我们的方向走来，但我并没有特别注意他们。他们走在徒步道上，而我们躲在高高的草丛后面。过了一会儿，我意识到他们正在穿过我们所在的草地，径直朝我们走来，而达盖仍在安睡。他们现在来到我们身边。一男一女，五十多岁，步伐稳健，一言不发，一声不响，拿着手杖。达盖还在睡觉。我已经做好准备，只要达盖终于嗅到可疑的气味，或者在听到这些人走过时抬一下眼皮，就突然起身。但什么也没发生，绝对什么都没发生！它睡得毫无知觉。两个徒步者经过时说了声"你好"，我也回了一句。

舍维的肖像。 狍子是蹄行动物,靠像刀片一样锋利的指甲行走。有一次,舍维为了拥抱我,爬到我的鞋子上够我的脸,结果刺穿了我的鞋,弄伤了我的脚。

他们回我一个微笑，然后走开，继续赶路。我简直不敢相信！我的腿上有一头狍子，我抚摸着它——达盖一动不动，似乎觉得靠着我很舒服——徒步者一定以为那是我的狗。难—以—置—信！

一刻钟后，我的睡美人像一朵花儿一样苏醒了。它扫视一下周围的风景，用舌头舔了舔嘴唇，嗅了嗅空气，然后站起来，伸伸懒腰，打个响鼻，舔舔自己的皮毛，就像什么都没发生，显然对它而言什么也没发生。我猜想，它和我在一起感到很自在，能够稍稍放下心来，安心入睡，相信朋友，放下警惕，暂时抛开生存这个沉重的负担。

"我的朋友，我想让你知道，守护你是我的荣幸。"

9

达盖和我离开空地,向树林深处走去。趁它在树林边上吃黑莓的时候,我尽可能悄悄地溜开,以免它跟着我,因为我要去西波安特的领地。为了避免误会,我一直确保达盖和西波安特不会碰面。在一条兽道边上,我遇到了星星,舍维跟在它身后,我寻思这是接近小狍子的好机会。舍维三个月前出生,现在已经断奶,它将继续跟着妈妈学习,直到冬天结束。它的身体状况很好,这让我很放心,因为在恶劣的环境中生活需要有强健的体魄。很多幼狍都熬不过第一年。在森林里,什么都可能发生。体内寄生虫,如肺吸虫或肝吸虫,还有体外寄生虫,如虱子、鼻蝇、虱蝇,极少数情况下还有鹿皮蝇病,甚至只是一段非常潮湿寒冷的天气都会削弱幼狍的健康,有时甚至导致死亡。当然,看到幼狍毫无生气的尸体,我总是非常难过。尽管如此,我认为这种死亡是物种的一种自然调节,有助于保持森林的平衡,前提是我们必须顺其自然,绝不干预。

在之前为数不多的几次偶遇中,我从未试图接近舍维。当时这对它来说还太危险,因为它可能会混淆我的气味和母亲的气味,这样母亲很可能会抛弃它。我认为让舍维习惯我将会是一件非常愉快的事。它的母亲信任我,它的父亲也非常了解我,而它还是一只对世界没有先入之见的小动物，不会介意我接近它。多么美妙的幻想啊！我走向星星，它信任我，并不做声。舍维卧在离星星几步远的地方，平静而安详。它观察着一切，对一切都感兴趣，但只是为了好玩，因为它仍然完全信任母亲，至少我是这么认为的。我慢慢走近它，在离它几米远的地方坐下。它盯着我，竖起耳朵，指向我的方向，还偷偷看了星星几眼，观察妈妈的反应，但星星还是不做声，连看都不看我们一眼。舍维的两只耳朵又大又灵敏，能独立地指向各个方向，只要有一点可疑或不寻常的声音，就会立即做出反应，警觉起来。随着时间的推移，它将学会区分常见的噪音和危险的声音。例如，拖拉机的噪音或砍树时电锯的尖啸将被归为"无害"噪音，因为这是它日常声音环境的一部分，而当一切都很安静时，树枝的断裂声则会不可避免地引起高度警觉。

舍维嗅了嗅空气，似乎有点害怕，起身匆匆跑回妈妈身边。它屁股上白斑的毛都竖了起来，这是它不断增长的焦虑直接导致的。因为狍子臀毛周围皮下肌肉收缩会形成一个完美无瑕的白色报警信号，在受到捕食动物追赶时提醒家庭成员不要逃散，捕食者会看到一个漂亮的白斑隐入林中，但等到狍子一转身，就再也看不见白斑！这样就有效地转移了注意力。与此同时，狍子的气味腺会向空气中散发一种物质，警告在附近徘徊的同类，危险迫在眉睫。我远远跟着舍维，因为它跑得很快，而且东蹦西跳地。星星不时转身观看喧闹声来自哪里，看我们一眼便继续前行。舍维紧紧贴着妈妈的腿，好像遇到了致命的危险，它轻轻地呜咽着，还不时地向妈妈使眼色，好像在说："你没看见那个一直跟着我们的奇怪的庞然大物吗？"尽管星星似乎没有特别注意到舍

银莲花的香味。银莲花对其他食草动物来说是一种大毒草,但狍子会在春天大量食用银莲花。狍子没有胆囊,银莲花的毒素对它们不起任何作用,反而能预防某些疾病。

维的焦虑（它知道我并不危险），但舍维是那样焦虑，它的惶恐不安还是传导到了母亲身上，使它有些紧张。我发现，舍维对人类和其他动物——例如野猪，甚至松鼠——有一种本能的恐惧。什么都改变不了它的想法，哪怕是它的母亲，或许它需要一段时间才能明白我是无害的。

过了一会儿，我来到星星身边，甚至不想再接近舍维（我都不知道它去了哪里），但它却像一粒子弹一样飞奔而去。星星不假思索地追了上去，或许以为它在逃离威胁。我也没多想，跟了上去。等我们赶上它，它又开始全速奔跑。星星又跟了上去，我也跟了上去。真是没道理！没有危险，绝对没有危险！一切都那么平静祥和。小游戏周而复始，连续玩了好几次，让星星很担心。我们越是奔跑，舍维就越紧张，妈妈就越担心，大家明显都感到了不安。于是，我让它跑开，跑得稍微远一点，缓解一下紧张情绪。它停下来等待母亲，逐渐平静下来。我没再坚持，就让它们走了，因为我不想让它无谓地疲惫，也不想给它造成心理阴影，导致它以后无法和我共处。我意识到，幼狍，即使是很小的幼狍，也只是在最初几个星期才会信任它们的妈妈，随着它们的成长，个人主义和"自由意志"也会增强。舍维不满足于模仿妈妈，它还学着在自己的本能引导下倾听和观察。它看得出妈妈信任我，但它现在无法理解，这让它害怕。它还不会解读我在它面前可能摆出的各自姿态，因为与长辈们不同，它没有任何与其他人类锻炼者、散步者、猎人或伐木工人接触的经验可供比较。它的求生本能占据了上风，被情绪冲昏头脑，落荒而逃。所以我先放弃了和它交朋友的想法，因为它现在还太"野"了。假以时日，也许它会接受我，就像它的父母。走着瞧吧！

10

秋天进占了森林,树叶染上了从淡黄到深红的千种颜色。每当这个季节到来,我总是喜欢想起休伦-温达特人的一个古老传说,对于这些印第安人来说,狍子的神圣名字是 Dehenyanteh,意思是"彩虹为之铺设彩色道路者"(见乔治·E.苏伊著《休伦-温达特:鲜为人知的文明》,拉瓦尔大学出版社,1994年[1],以及威廉·E.康纳利《现代休伦人的宗教观念》一文,载于《密西西比河谷历史评论》,美国历史学家组织,牛津大学出版社,1922年[2])。

> 狍子羡慕天空的守护神小乌龟,想离开大岛,他最想去的地方就是湛蓝的天空。为了实现自己的愿望,他问计于雷鸟,雷鸟建议他利用彩虹登上天空。于是,狍子等待春天的到来,在希农送来的第一场雨后,他沿着彩虹绘出的道路登上了天空。他很快就上了天,可以随心所欲地自

---

[1] *Les Hurons-Wendats : Une civilisation méconnue*, Georges E. Sioui, Presses de l'Universite Laval, 1994。

[2] 《Religious Conceptions of the Modern Hurons》, *The Mississippi Valley Historical Review*, William E. Connelley, Oxford University Press pour le nom de Organization of American Historians, 1922。

由奔跑。与此同时，开会中的动物们到处寻找狍子。狼在树林里搜寻，猎鹰在天空中巡视。就在这时，他们都看到了敏捷奔跑的狍子。动物们决定跨过七彩的彩虹桥上天。熊责备狍子只想着自己，忘了大岛上的其他动物。狍子不理会熊的批评，要和熊决斗。战斗立即开始。狍子快如闪电，用锋利的角刺伤了熊。熊受了致命伤，伤口流了很多血。血流到大岛，岛上的树叶都染上了熊血的颜色。从那以后，每年秋天来临，大自然都会纪念狍子和熊的搏斗，树叶也会变成红色。

在休伦-达温特传统观念中，大自然凋零时的秋季美景会引发亡灵的思乡之情，他们会怀念起曾经的尘世家园。就连众神也会回到大岛居住，因为秋天是仙灵的季节。在这个季节，最美丽的昴宿七星也会离开天国，来到大岛的上空栖息。

目下秋分已过，秋气日紧，夜晚会越来越长，直到冬至。凉爽的早晨，我嚼着前夜用柴火烤的栗子。我烤了足够多的栗子，可以随时当零食吃。不过不能放太久，因为潮湿天气已经持续了一周，栗子很可能会烂。我把最后的栗子放在文火上烘烤，我会让火力保持几天。然后我会把栗子装进密封袋里，以备不时之需。

过冬需要严格计划。最重要的是要为在白天黑夜任何时间、在森林的任何地方御寒预备方案。据我所知，只有一种方法可以做到这一点：在森林各处储备一点枯木，树枝、杉木、树皮和松果等。至于食物，我现在已经对这块地方了如指掌。即使在隆冬季节，我也能找到足够的食物：植物根部，几种块茎，和野胡萝

雾。冬天并不是最难熬的季节。这时候的身体习惯了寒冷。反而是春秋两季雨水较多,这意味着我必须特别注意衣着。衣服湿了,我就把它拧干,然后往里面吹气,让纤维膨胀起来,重新变得"防水"。

卜。蛋白质摄入方面，我储备了一些榛子。

唉，尽管我很希望有一天能摆脱他们，但我还是需要与人类世界保持联系。我隔三岔五地回家，确切地说回父母家，补充卡路里和温暖。但几个月来，走在水泥地上让我有了一种奇怪的感觉。又硬又冷，而且非常平整。我已经不习惯了。我吃一碗白奶酪，加进麦片和许多糖。当我给相机电池充电时，各种气味扑面而来。冰箱的味道、漂白剂的味道、暖气的味道、地毯的味道、干净衣服或脏衣服的味道，还有住在这所房子里的人的味道。临走前，我总要往包里塞几包意大利面、金枪鱼罐头和油浸沙丁鱼。最后，我有时会去商店买两样生存必需品：存放食物的密封袋和生火用的火柴。

我喜欢在黎明时分散步，欣赏日出。但今天早上太阳罢工了，山谷底部乌云密布。站在草地上，我几乎看不清下面村子教堂的钟楼。草很新鲜，吃草的牛似乎很享受这种味道单调的食物。我靠在带刺铁丝网的一根桩子上，蜘蛛在铁丝网上编织了华丽的网，露水像小珍珠一样点缀在上面。在这里看着世界苏醒，我感觉很好。小兔子们在玩追逐游戏，然后追逐它们的妈妈。三四只小兔子试图把妈妈撞翻，趴到妈妈的乳房上喝奶，但妈妈应该已经没奶了。一只獾沿着石子小路走来，一边咕哝一边喘气。看到它这样我就放心了，因为獾天性暴躁，而且似乎永远不会满足，但最重要的是，谷底的公路对它们来说特别致命，我总是希望它们在溜达后能活着回来。如果在狩猎一整夜后被急着上班的司机碾过，那就太倒霉了。今天早上，燕雀没有唱歌，而是叽叽喳喳，预报着雨水的到来。对于这些通常都很欢乐的鸟儿来说，我觉得现在的调调很悲伤！山雀也开始模仿它们，真让人沮丧！

　　雾越来越浓，已经看不清森林的边缘了。我看到了一只黑狐，是一只母狐，我和达盖一起遇见过它几次。我叫它泰瑞尔，它非常漂亮，前胸是华丽的白色，与灰色的小爪子形成鲜明对比。它的尾巴总是与身体齐平，显得性感而威严。它确实是一只美丽的狐狸。泰瑞尔沿着森林边上的牧场围栏走着，停了一会儿，似乎在思考着什么。我没有动，因为不想让它看到我。我喜欢观察它的"自然"状态。它嗅了嗅四周的空气，低下头，开始穿过草地，然后停下来，看着奶牛群。考虑到体型，奶牛们没什么好怕的，小牛也是如此。泰瑞尔走近第一头奶牛，牛在它经过时试图用后腿踢它。它又走向下一头牛。这个小游戏引起了我的兴趣。一头奶牛卧在地上，有点昏昏欲睡，似乎没有注意到慢慢靠近的泰瑞尔，没有赶它走，态度也不具威胁。泰瑞尔面对奶牛坐下，看着它。牛有点傻傻地看着狐狸，半闭着眼睛继续反刍。泰瑞尔向前迈了一小步，又迈了一小步，突然后退一步。然后重新开始。一小步，两小步，再向后一跃。这个小游戏它重复了好几次，每次都仔细观察奶牛的反应，奶牛仍然纹丝不动。于是泰瑞尔靠近奶牛肿胀的乳房，开始舔渗出的牛奶，奶牛没有任何反应。泰瑞尔停下一会儿，有点害怕地瞥了奶牛一眼，但后者还是没有任何反应。

　　我惊呆了。一只狐狸刚刚向我展示了我早就应该想到的事：喝牛奶！泰瑞尔喝饱了牛奶，小跑着消失在浓雾中。轮到我悄悄溜进牛群，试图找一头能让我靠近而不会一脚踹在我鼻子上的牛。我看到一头，或许有希望。我在它面前蹲下，开始挤奶。它的乳房极度肿胀，灌溉乳房的血管非常粗大。我想我会稍微减轻它的负担。这对我们双方都有好处。多么幸福啊！当温热的牛奶顺着我的喉咙流下时，我是多么高兴啊！牛奶肥美浓稠，自然甘甜。我很享受与奶牛相伴的这一刻。

喝水是林中生活最大的乐趣之一，因为饮用水从来都不是大量供应的。最难的不是找水，因为我早晚吃的植物都沾满了露水，它们的叶子饱含水分。某种程度上说，我是边吃边喝。正是由于这一点，狍子每天不去饮水点也能摄入三升水。但是，消费社会让我们人类习惯于从杯子或瓶子里饮用一定量的液体。因此，无法获取这种饮水感时，口渴的感觉就会变得非常难受。解决这个问题我有两种办法。第一种是在雨后，用袜子过滤女巫井中积聚的水——女巫井是树木在生长过程中裂成两三个主干后形成的天然小坑，这在山毛榉林中有很多。过滤后，我只需把水放进饭盒里，用柴火煮沸即可。第二个办法是到我的领地以西两公里半的地方。威立雅在那里有一个名为"狼谷"的小型集水站，几乎没有安保措施。这个站点为周围的村庄供水，有一个室外水龙头。检测人员不时用它来检查水质是否达到饮用标准。水龙头是"自助式"的，在一段被森林和天气严重摧残的栅栏后面。我只需从下面爬过去，便可给我的两个水壶灌满清泉。今天，我终于发现了第三种解渴方法。我脸上沾满了牛奶，回去找达盖，希望能继续这开端顺利的美好一天。

故事讲到这里，你可能想知道我是如何处理个人卫生问题的。首先，我有一个显著的优势：几乎没有胡须。因此，定期清洗双脚、腋窝和生殖器就足够了。但是，饮用水已然如此紧张，我要靠什么来清洗自己呢？有办法。森林正中央有一棵神奇的树，人称"四兄弟"。这四棵雄伟的山毛榉高达四十米，估计是从同一棵被砍掉的树上重新长出来的，它们长得完全对称，就像四胞胎一样，在它们的中心形成了一个大釜，可以很好地储存雨水。这些水足够我梳洗了。你可能想知道我看起来什么样？在最初的几个月里，虫子们可没给我什么好脸色。我被咬得遍体鳞伤。但随着时间的推移，皮肤变硬变厚，抗寒能力也增强了。因此，我的皮肤没有丝毫问题。至于口腔卫生，由于我不再吃糖，这也不再成为问题，用食指沾上水和草木灰的混合物擦拭牙齿就可以了。自然，这种混合物的味道比不上超市里的牙膏，但与我开始这次探险以来的饮食口味满意度相比，真没什么值得大惊小怪的。

11

在一个漫长无尽的秋夜,我和星星一起走了几个小时。它孤身一个,可能把舍维留在了山毛榉树林的某个地方,和西波安特和达盖在一起——这两者成了过冬的伙伴,前三天我就是和它们一起度过的。这个早晨天气凉爽,浓雾笼罩着灌木丛。没有一丝风吹动残留的秋叶,没有一点声音打扰清晨的宁静。在正在伐木的森林里,荆棘被拖拉机碾碎,找不到一处食物尚未被泥泞取代的地方。到处,地面都湿滑无比,我好几次差点摔倒在车辙里。这几天雨一直下个不停,池塘里的水溢出来,浸湿了地面。每走一步都陷得更深,越来越难前进了。

我们来到不太潮湿的松树林继续散步,在那里度过了下午。星星吃了几朵鸡油菌,我把剩下的蘑菇摘下来,放在饭盒里。我打算今晚用柴火把它们做熟。我浑身湿透,感觉很冷,如果能吃上一顿热乎乎的饭菜,喝上一碗用老荨麻叶和树莓叶熬成的蘑菇汤,一定会让我好受很多。此外,小火还能烘干衣服,这也是当务之急。星星来到一个小陡坡附近,坡底是一条分隔森林的路,将松树林和橡树林隔开。我落在后面,因为我熟悉这条路,而且我知道,在穿过这条路之前,它会花几个小时仔细斟酌,它是如此小心谨慎。所以我慢慢吞吞,又采了一些蘑菇。

吉米。吉米是一个很棒的朋友，体重将近一百公斤。我们在一次狩猎中被困在一起，一见如故。它的伴侣戈贝特被子弹打断了一条腿，几乎所有幼仔都死了。从那以后，一看到猎人，吉米就毫不犹豫地冲上去。

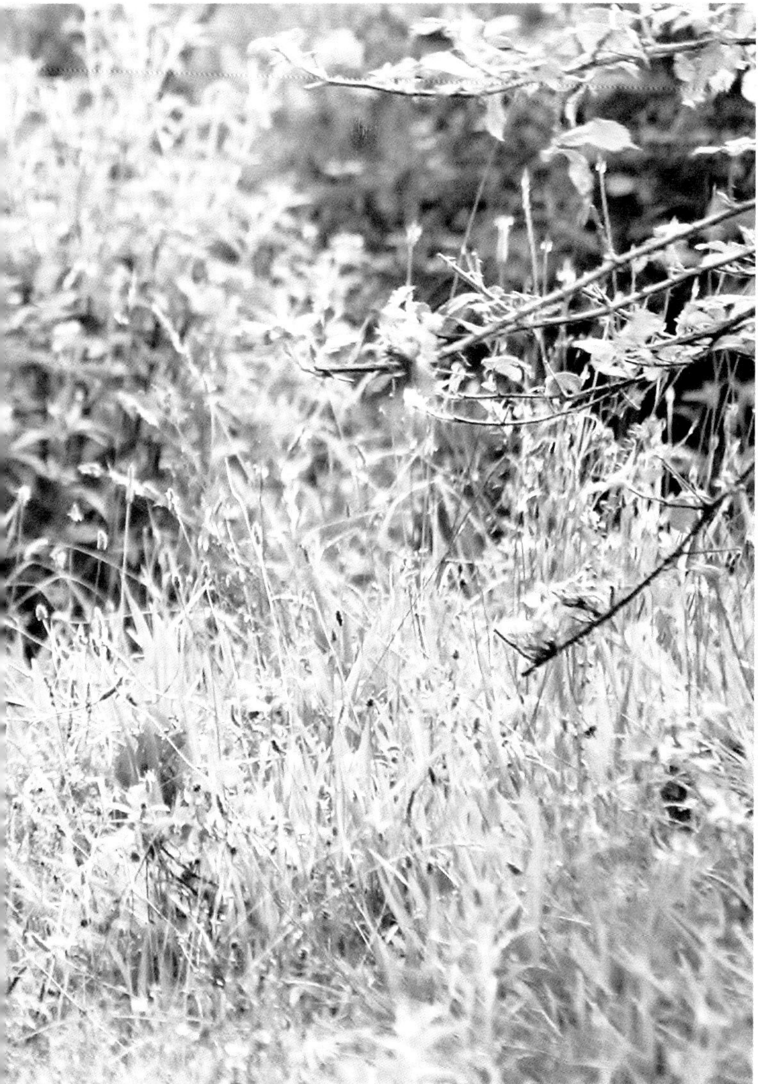

在某一时刻，我的脚下发生了一种奇怪的震动。不知道是什么，我从未有过这样的感觉。诺曼底地震了？不可能！突然，一声枪响划破了森林的宁静。我立刻四处张望，寻找星星。它惊慌失措地爬上能俯瞰森林小径的小山谷的山脊，试图分析情况，找出声音来源。脚下的土地震动得越来越猛烈，我看到大约有二十头鹿正狂乱地向我奔来。我连忙躲到一棵树后，一只母鹿从我身畔擦过，差点撞个满怀。惊慌失措的鹿群终于离我们远去。第二声枪响，一颗子弹呼啸着擦过星星。它又开始奔跑，从我身边经过，吠叫着向其他狍子发出危险袭来的信号："呐呐!……呐!……呐! 呐!"星星拼命逃走了。我热血沸腾，丢下饭盒，追着它穿过松树林。要跟上它非常困难，因为树木很密集，地上又有很多树枝，很难一边跑一边观察它的去向。几秒钟后，星星终于放慢了脚步。我看到它有些跟跄。我气喘吁吁地走近星星，试图评估它的受伤程度，但找不到伤处。我听到远处的猎号响了四声。这是发现狍子的信号。猎狗脖子上挂着铃铛，发出刺耳的声音，在灌木丛中散布着恐怖的气息，向我们飞奔而来。星星再次跃起，尽力向前冲。它又往前跑了几百米，躲进一片黑刺李、榛树、黑莓丛交织在一起的地方，这里几乎是一座无法逾越的堡垒。我进不去，但能看到星星。狗来了，面对我站立的身姿和咄咄逼人的态度，它们不敢停留，绕道追去。片刻之后，猎人来了，他们大声吆喝着，还牵着其他狗。我把背包放在星星逃跑经过的小径入口。背包上有我的气味，希望能骗过嗅觉灵敏的狗。我躲在对面的荆棘丛里。它们过去了，我的诡计奏效了，而且它们一时半会儿不会回来。为了安全起见，我们又躲了一个多小时，直到猎人彻底离开。我真的很担心我的朋友。待到条件许可，我马上过去看它，此时已临近傍晚。可怜的星星……它躺在我面前几米远的地方，胸口受了致命伤。它浑身颤抖，我还是无法进入它的藏身之处。我和它说话，回忆我们一起度过的美好时光。

"我感谢你，我的小星星，感谢你给予我的一切，你的知识，你的友谊，你的尊重，你的爱。"

"……"

我试着让自己的声音听起来有种安全感，但我的心灵深处受到了伤害。我知道，它身体的这个部位伤势太严重，我无能为力。星星友好地看了我一眼，然后微微抬起头。几缕阳光挣扎着划过天空，但空中的气味却无法传入它的鼻孔。几只鸟儿在甘美的空气中围绕着它飞舞。泪水盈满了我的眼睛。一种恨意涌上心头，因为我意识到，它将永远无法体验到我为它想象的所有幸福和快乐。生命一点一滴地从身体里流失。它抬起头看着我，发出轻轻的呼唤，像是在啜泣，然后把头埋在地上。星星在夜晚的空气中艰难地呼吸着，在寂静、灰暗的日光中陷入沉睡。我的朋友躺在秋日冰冷潮湿的土地上。

"哦，原谅我，星星，我没能保护好你。我不够强大。请原谅我。"

"……"

"我向你保证我会照顾舍维。它只有五个月大。我会照顾它，让它长大，变得强壮，拥有自己的领地。一片美丽的领地。我向你保证，亲爱的。我向你保证。"

它的悲伤就在那里，像周围事物的悲伤一样可以被感知。没有一棵草摇动，浓雾中没有一缕新的光线，寒冷的空气中没有一丝特殊的气味，然而，巨大的颓丧笼罩着整个森林。它疲惫、痛苦，周围弥漫着忧伤，像毒药的香气。低空的云朵不断聚集，在十一月灰暗的空气中散发着红光。我的朋友闭上眼睛……太阳刚刚落山。我的星星熄灭了，但它将永远在我的心中闪耀，我希望它也将在大岛的高空闪耀。它以同样的力量和勇气，面对过夏日的热浪、漫漫冬夜的黑暗，还有它遇见过的所有事情。在森林里散过步、曾有机会与狍子对视的人，或许可以想象一下它曾经的生活，被一颗被诅咒的子弹在一个开端如此美好的秋日击碎。野外生活就是这样，在我深爱的大自然中，如此美丽，又如此残酷，森林见证了这一切，我想，如果树木会哭泣，我们的森林中将流淌着泪水的河流。

我在朋友毫无生气的尸体前足足站了好几分钟。我得把可怜的星星带出森林。我知道猎人们会去找它。他们知道它被击中了，所以会带着被称为"寻血者"的狗去搜索，追踪它的痕迹，直到找到尸体为止。我把我的朋友抱在怀里，把它埋在离狩猎地点很远的地方，一个没人能找到的地方。这二十公斤对我来说太重了，让我非常吃力。我体力不支，但我不想让我的朋友被冷冻起来，然后成为人类的盘中餐。它应该有更好的归宿。它的名字叫星星。我打起精神，用足力气。找到地方后，我开始用随身携带的户外生存刀挖土，用手清理，但地面太硬了。我无法突破那层白垩和燧石，挖出足够深的坑。我把星星放在挖了一半的坑里，然后用麻绳捆扎冷杉树枝，做成两道树栅，交叠起来，盖住尸体，这形成了一个小屋顶，一个隐蔽的墓室。然后我用泥土、苔藓和蕨类植物把整个地方盖起来，希望在接下来几天里，尸体腐烂的气味不会引来流浪狗。

下着雨，我浑身湿透、瑟瑟发抖，我要去找西波安特、达盖和可怜的舍维，它现在成了没有妈妈的孤儿。我找了一夜，直到清晨，终于找到了它们。它们在狩猎时也逃离了原来的地方，我很高兴它们还活着。它们就在那儿，安然无恙。达盖和舍维卧着，西波安特站着，抬起了头。不知是因为我可见的激动情绪，还是衣服上沾有星星的血腥味，它战战兢兢地向我走来，嗅了我几秒钟，然后狂叫着跑开了。我不安地哭了。我害怕失去了一个朋友。也许它会认为是我杀死了它的伴侣？西波安特一定是去找它了，但我知道永远也找不到了，因为星星已经不在了。达盖和舍维似乎并没有因为我的出现而感到不安，甚至不在意我身上已经散发出的臭味。雨一直下个不停，我衣服上的血迹怎么也干不了，装着换洗衣服的背包埋在一公里外的地方。我想走，但又不想丢下达盖和舍维。理智告诉我，我应该去拿包，但我又不忍心这样做。

几小时后，西波安特回来了。它走到我面前，看了我很久，围着我转了一圈，嗅了嗅我的衣服，然后舔了舔我血迹斑斑的裤子。这时我意识到，它已经明白了。我不知道它是怎么明白的，但它的一切态度都告诉我，它现在明白了。我悲喜交加。它没有责怪我，我们的友谊也没有受损。我们一起度过了这个上午，我一定是在不知不觉中把悲伤和沮丧传给了大家，但后来我决定去拿包。一直穿着脏衣服太傻了，反正也起不到什么作用。雨还在下，我在雨中洗了衣物，又穿上干净、干爽的衣服，然后点起一堆小火吃了一个罐头，尤其是要把旧衣服烘干。

我从未想过有一天会觉得吃加热的罐头食品是如此愉快。当你很久没有吃过一顿饭，饥饿感又很强烈时，味觉上的感受令人惊讶。所有的滋味都增强了。盐、糖、胡椒，所有这些味道像烟花一样在嘴里绽放。西波安特和舍维走了过来。才熄的篝火还冒着烟，地上一截烧焦的木头，它们急忙把它吃掉。这是碳的重要来源，在自然界非常罕见，它们看起来和我一样满足。贪吃的西波安特把头伸向罐头，但只剩了酱汁可以给它舔了。

　　我们三个一起度过了这一天余下的时光。西波安特似乎一直在寻找它的伴侣，舍维则发出轻微的呜咽，好像短促的尖叫，每次都让我心如刀绞。我不知道西波安特是怎么做到的，但它找到了星星。它重走了前一天狩猎时我和星星走过的路线，然后折返，发现了我为星星建造的坟墓。它和舍维围着埋葬转圈，舍维闻出了母亲的味道。它小声低语，可能希望母亲能够回应。我难过地看到这一幕，也很伤心。愧疚感笼罩着我：我没能保护好星星。几小时后，我们头也不回地离开了。我有一种感觉，我们的历史已经翻开了新的一页，而我却无法接受。在接下来的日子里，西波安特和它的生命力告诉我，永远不要后悔。要记住所认识的人最好的一面，永远不要后悔。大自然中每天都有如此多的死亡，如果我们在每一次磨难中都停下脚步，时间都会被花在哭泣上。生活还要继续。最终，西波安特将舍维收在自己的羽翼之下。它将比那个被诅咒的日子以前更常在场，和小家伙一起度过冬天和春天。

12

在经历了失去星星这位朋友的可怕磨难之后,我无法让自己相信,这就是生活。尽管我就自己对生存的看法进行了长时间的思考,但现实还是迫使我接受失去最珍视的朋友这一事实,有害的情绪给我的心覆上一层硬壳。如何能够无动于衷地接受朋友的离去?在我的灵魂深处,愤怒在咆哮。冬季,我和朋友们经常经历狩猎,我意识到我和这些同伴们有着同样的感受和恐惧。从十一月中旬开始,我就生活在一种无时不在的恐惧之中,害怕森林道路上会出现一辆小货车。一道栅栏发出刺耳的声响,在不寻常的时刻打破清晨的宁静,会立即唤醒我的求生本能。远处传来的人喊狗吠立刻让我想起那把达摩克利斯之剑。入秋后的每一天,我都祈祷悲剧不再降临。虽然我告诉自己,恐惧并不能避免危险,但我的情绪仍然过于强烈,直到初春,狩猎季节结束,才能摆脱笼罩在心头的重负。深入到狍子的生活中,我注意到,尽管表面上是文绉绉的狩猎新术语所称的"受控的狩猎管理",但我的朋友们仍然被误解,而且很不受待见。像树木一样被计数(每百公顷超过二十头就必须射杀),被借着物种调控之名猎杀,被关在森林边缘的栅栏后面,以限制可能对耕地造成的"破坏",它们现在又成了无数横穿它们生活区域的道路上的"事故因素"。这种按照我们希望的方式看待它们的想法过于简单，不切实际，甚至可以说不人道。无论是生活在海边、山间、峡谷还是广袤的平原，狍子都能征服不同的微型生境，如树丛、花园、果园和田野，这一切并不是托我们的文明之福，而是被我们的文明逼的。

狍子这种动物极其聪明，具有非凡的特性，能适应几乎一切。证据就是，它们已经具备了与人类近距离生活的能力，而面临类似生活条件的其他野生动物却变得越来越稀有，有些甚至已经消失。狍子的社会生活方式既有个体性又有群体性，在利用环境和优化领地方面能力突出。它们还能凭借鹿科动物特有的繁殖模式，根据栖息地的时空变化调节自己的种群分布。这一切都造就了狍子超群的生态适应能力。然而，人类控制动物数量的意志，加上城市化进程的加剧，导致狍子生活在持续的恐惧中。它们面临着被人看见、横穿公路、食物耗尽、找不到庇护所的风险，当然还有死亡的风险。这种制造焦虑的环境迫使它们在所有危险和可从中获得的利益之间做出妥协。人类的经济发展、人口分布、狩猎和林业开发正在深刻地改变着我这些朋友们的行为，使它们生活在恐惧之中。

几场狩猎过后，我们到别处躲了几天，直在半夜才回到栖息地。在狩猎季节，狍子变得焦虑、恐惧甚至焦躁不安。像达盖和西波安特这些最有经验的狍子会观察林间小路上人类的行为，以判断是否存在危险。因为某些运动员或徒步者的出现频率成了一种风险指标。他们在狩猎日不来森林。因而他们的缺席就成了猎人在场的可靠证据。从某种程度上说，如今的狩猎正在人为地改变狍子的行为。我的朋友们减少了冬季的游荡，熟记生活区域的每一角落，并在位置优越的灌木丛中创建避难区，猎人一来就躲进去。要控制野生动物的数量是不可能的，因为"只有顺应自然，才能指挥自然"！要做到这一点，就必须看到狍子的本质，让这种奇妙的动物成为自我管理的主角。

"像狍子一样生活"时，狩猎就像一场龙卷风。我们不知道龙卷风会刮到哪里，会造成什么破坏，也没有有效的预警措施。因此，我决定向朋友们传授在狩猎开始前识别和避免袭击的技巧！我选择了西波安特，它是一只聪明的狍子，经验丰富，我和它一起经历了许多悲剧，包括失去它的伴侣星星。

狍子在其一生中，有时会成为领队。它们在冬天集群而居，并不会出现严格意义上的"头狍"。然而，根据每头狍子的性格，它们会采取一种集体领导的方式。其中，通过某种形式的共识，一头狍子成为"领队"。它是掌握必要知识和经验的某种导师。而这些知识是无法讨论的，因为它将为群体中的所有狍子服务。承担这一责任的狍子通常最有经验，能够保护群体，也最擅长填饱肚子，因为它知道最佳的觅食区域。

群体成员的共同点是相互依存。它们既高度自主，又相互依赖，各自独立发挥作用。生活变得更加本能，与大自然直接相联。狍子与狍子之间可以交换信息，但首要任务是活下去、保持自身的平衡。这里没有低等个体，也没有奴隶。每只狍子都是独立的，都有自己的选择，这些个体选择之和确保了群体的和谐。

我正和西波安特、飞箭和刚刚认识的一头年轻雄狍维鲁尔待在一起，看到伐木通道上四辆厢式车缓缓驶过。这么早，不可能是普通的伐木作业。一场狩猎正在准备中。这一天正好我是领队，比较遂我意。我的三个同伴在灌木丛中休息、反刍。于是我决定把大家带到松林里，这样我的每一句低语都能被听

舍维和富热尔在克鲁特小路上。穿过小路总是很棘手。你可不想被掠食者看到或闻道。声音和气味有助于感知森林的整体氛围。但要小心,平静的森林并不是没有危险的森林。

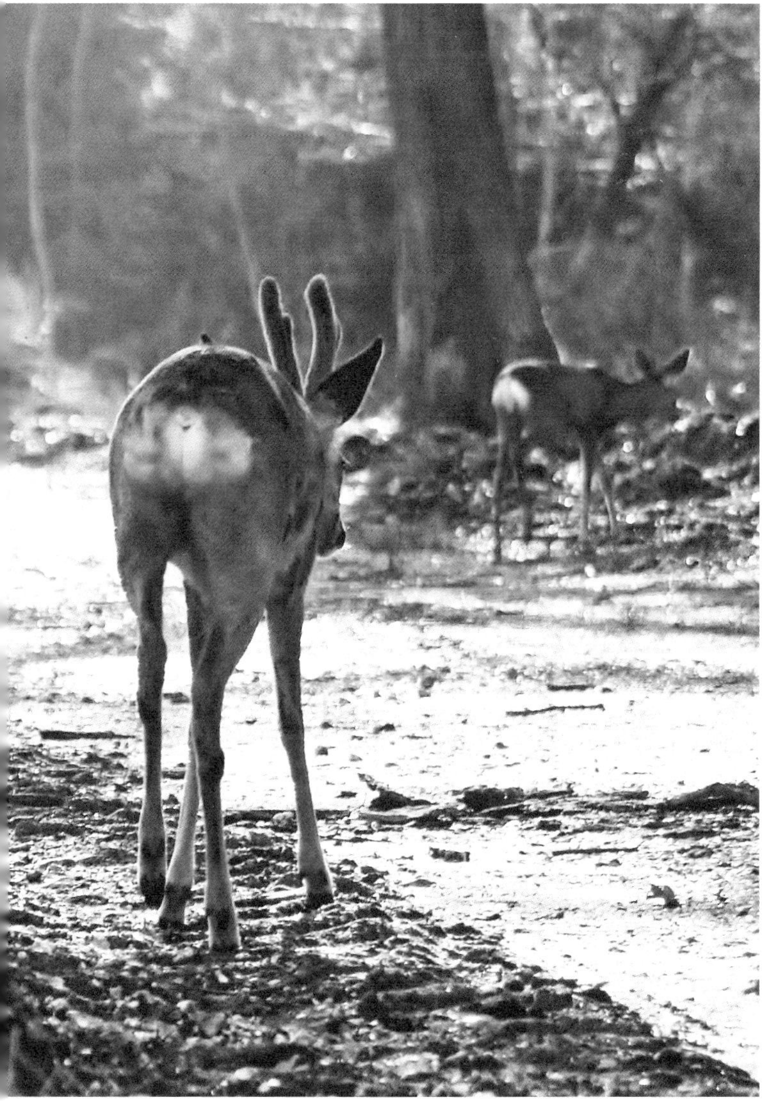

到，我的体味也不会被风冲得太淡。根据经验，我知道狍子对情绪很敏感，尤其是情绪的气味。因为当我们咄咄逼人或紧张时，体味偏酸，像洋葱的味道，而快乐或平和的心情则会散发出甜美沁人的香味，像诱人糕点的气味。态度也起着很大的作用。如果我绕着圈走，在地上挠几下，一边喘气一边向四周眺望，就能比盘腿坐在地上打哈欠或啃几口叶子更能清楚地反映我的焦虑。狍子从小就从母亲或长辈那里学会了察觉这一切。我要做的就是确保它们能明白我要告诉它们的话！

狩猎开始前留给我的时间不多了。我注意到，猎人们把车辆和装备留在了狩猎圈的高处，无人看管。以前，牵狗的猎人会聚集在那儿。趁猎人们沿着道路按一定间隔就位，我带着西波安特靠近一辆厢式车，让它嗅嗅火药味和之前被猎获的其他动物的"死亡"气息。维鲁尔和飞箭没跟上来，它们很害怕，这可以理解。我让西波安特闻了闻挂在一辆四驱车后视镜上的特氟龙面料猎装的气味，让它理解我的担忧和恐惧。我因为紧张而散发出的汗味足以让它明白危险。我想让它把这种气味和狩猎联系起来。然后，我们经过一个瞭望台，我爬上爬下好几次，不时小声地叫唤几声，就像小狍子担心时叫"妈妈"一样。我希望它能够认识到这样一个事实：人可以位于它的上方，而这很危险。狍子在行走时并不总会抬起头，气味于是传不到它们的鼻孔，导致它们在还没明白自己遭到围猎时就被射杀。我离开我们现在走的小路，往林地里走了大约二十米。躲在枯萎的蕨类植物后面，我向它展示在树林边缘值守的猎人，他们拿着枪，坐在小马扎上。西波安特紧贴着我，我能感觉到它的心脏贴着我的肩膀剧烈跳动。它看着我，嗅着我，忧心忡忡地看着我们眼前这场奇怪的准备工作。它白斑上的毛都竖了起来，说明它意识到了危险。

一刻钟后，狩猎开始，我们仍然面对着猎手。这里植被很高，我们可以看到他们，他们却看不到我们。一头野猪突然出现在我们右前方三十米处。它跑下了小山谷。第一声枪响，接着是第二声。我发出微弱的叫声，模仿示险的信号。我们迅速穿过灌木丛，回到安全地带。猎人的呐喊让我们心跳加速。西波安特开始远离我，想要逃走。我朝它的方向叫了两声，那是母狍要求幼狍"待在一起"的叫声。它很快停下脚步，决定相信我。我终于可以告诉它我的反猎杀计划的基石了。我跑进一片原则上禁止猎人进入的林地。它跟着我，这让我很高兴。它在这里无需害怕，而我散发的气味也表明我感觉好多了，我放心了。我坐下来，放松身体。我们就这样在安全地带待着，等待狩猎结束。西波安特的信任让我感到惊讶。它几乎抛弃了本能，决定相信我的一切建议。有它这样的朋友，我很幸运。几个小时后，我们听到远处猎人撤退的声音。响起了狩猎结束的号角，我们度过了一个平静的下午。夜幕降临，我作为领队的一天结束了，西波安特去寻找它的同类。我们寻找"幸存者"，希望朋友们还活着。今天死了两头狍子，还有八头野猪和五头母鹿。这让我深感悲痛。我希望西波安特能够领会我今天的意思，并希望它下次能重复我教给他的生存技巧。

几周后，在一场突如其来的狩猎中，我欣喜地发现西波安特完全懂了。它听到了货车的声音，感受到了狗叫声、火药味和其他一切迹象带来的不祥气氛——又将是哀伤的一天。我惊奇地发现，它带着舍维、飞箭、达盖和其他狍子进入了我带它去过的欧盟 Natura 2000 自然保护林。我知道西波安特是一只聪明、大胆的狍子，但我从未想到它还能将自己的知识传授给其他狍子。这次，猎人们没打到一只狍子，我为它们骄傲。

13

这个冬天，我只从森林出去过 三次。首先，因为回到文明世界并不划算。为了一碗白奶酪和一把麦片而步行五公里，这根本说不过去。在寻求最大限度地提高生存机会时，不能浪费体力，虽然在舒适环境中过几个小时的想法总是很诱人。另外，我不用像刚开始探险时那样频繁地补充能量了。我知道如何管理枯木和干果储备，也不再担心会用光。现在，从第一次寒潮降临起，我的新陈代谢就会减慢，以适应三个月的饥荒。我动得更少，吃得更少，储备的工业食品几乎变得毫无用处。最后，在寒冷和潮湿的无情打击下，我的充电电池也"死"了，里面的有毒物质溢出到相机里。于是，我结束了摄影活动。归根结底，促使我仍在森林和人类世界之间来回穿梭的原因只剩了一个：储备火柴。冬天不能没有火，否则会冻死。

幸运的是，春天来了！大自然苏醒了，森林中的所有生物都沉浸在喜悦之中。当树液开始生发、嫩芽开始绽放，一种无形的力量渗透到我们体内。大家都为自己的重生而感到高兴。鸟儿唱出各种腔调，森林里的声音更加多样。不同的物种你来我往，仿佛整个大自然都在互相问好。我来到达盖平时睡觉的森林深处散步，利用这个机会从几棵白桦树采集汁液。我之前用螺旋钻在离地面大约二十厘米的地方钻出了大约一厘米深的小洞，插入一根吸管，让树液流进绑在下面的水瓶里。如果桦树又粗又壮，那么一个晚上就能灌满一升。对于摆脱了富含于超市食品的精制糖的人来说，桦树汁非常甜。这种饮料为我提供了整个冬天严重缺乏的所有必需矿物质。一升树汁让我重新恢复健康，一整天都充满活力。我还喜欢舔从松树树干上流下的树液，它带来更多糖分。把它与桦树汁混合在一起，味道令人惊喜，有种春天的清新感。不过动作得快一点，因为一旦树顶长出第一片叶子，树液就会停止流淌。

我继续上午的巡视，终于遇到了达盖，它显然很尴尬，因为现在已经一岁大的舍维正在标记自己的第一块领地，但似乎还未弄清游戏规则。几周以来，达盖的妹妹富热尔——它比舍维稍晚降生——一直在达盖的领地上散步，那其实是它们母亲的附属领地。富热尔因此受到了哥哥的保护。但舍维显然爱上了这位年轻姑娘，于是侵入了可怜的达盖的领地。达盖不是没把它赶出去过几次，但舍维太爱富热尔了，所以总是回来。有时甚至是富热尔把它引到自己的生活区，也就是达盖的领地来。一切似乎都很复杂，舍维和富热尔的感情看上去没什么出路。但达盖心胸宽广，看到无法将舍维阻挡在自己的领地之外，终于允许它追求自己的妹妹，同时保护它免受潜在情敌的伤害。

我观察着这一日常生活场景。突然，对我的在场感到好奇的舍维慢慢地靠近我，嗅着我的气味，绕着我走来走去。我也同时转过身去，这样就可以继续观察它，而不会扭着脖子。一段时间以来，它允许我走在他身后，但得保持二十米左右的距离。我想，现在也许是再跨近一步的时候了。或许今天对它来说时机适宜，它准备好了。三刻钟过去了，舍维开始啃食我周围地上的欧石南。它瞪着又黑又亮的大眼睛，盯着我看了好几分钟。在运动感知方面，狍子对视觉的依赖少于它的鹿表亲，但事实上略微凸出的眼睛和灵活的长脖子能让它很好地观察周围的全景。它的眼睛几乎完全由视杆细胞组成——这种细胞将黑白图像传送到大脑，负责色觉的视锥细胞量少且分散。因此，比起彩色，舍维更容易看到接近灰色的色调。这种解剖学上的特殊性使它在拂晓与黄昏具有更高的视觉敏锐度，能更快地察觉运动。

一只环颈雉优雅地从十米开外掠过。舍维看上去被这只雉鸡震住了，稍稍远离它的方向，向我靠得更近了。它一动不动地看了我好几分钟，嗅嗅周围的空气，略微低下头来捕捉我的气味，意识到我和它之间的距离确实很近。不过，它很聪明，当然也注意到了，尽管距离很近，但我并没有扑向它。出于谨慎，它非常自信地迈开一步，拉开一定距离，我将这种步态称为"踩蹄"。这是狍子的典型步态，当它们好奇地走近或远离目标时，这种步态给人一种自信的感觉，外加它们身形修长、动作缓慢，更是显得仪态万方，近乎高贵。这有点像马的"踢踏"动作：前腿高高抬起至肩部，伸展到极致，最后稳稳地落在地上。我趁这个机会起身。舍维回到达盖身边，点点头，展示双角，邀请达盖比武战斗。舍维的两只小鹿角看起来强壮有力，所向披靡，它们没有侧枝，像山羊角。它前蹄刨地，扬起一阵尘土。达盖挺身应战，就在舍维低头准备攻来的时候，它冲着小家伙大吼一声，把舍维吓得向后一蹦，跑出大约二十米，才哆嗦着转过身来。我爆发出一阵大笑，引来它们双方的目光。我们就像一群学校操场上打闹的孩子。舍维很清楚，达盖比它强壮，不需要进行这样的比武。它也知道，赢得领地的唯一办法就是耍花招，但它太爱玩耍，乃至忘记了狍子生活的严酷现实。它无忧无虑地转头向富热尔走去，富热尔方才也被吓了一跳。我跟在它们后面，丢下达盖自己活动。我走近舍维，试着跟进它身后五米以内，它轻轻一跃就跑开了。富热尔卧下休息，舍维继续标记自己的领地。游戏继续。随后它想穿过这个时候会有骑手、自行车手和跑步者经过的林间小道。我跟上它。它侧眼看了看我，继续往前走。思考了几分钟后，它穿过小道。我跟了过去。到了小道的另一边，它似乎对我固执地尾随它感到困惑。它跑了几步，爬上陡坡，进入最近砍伐过的山毛榉林，躲在刚砍下的树枝后面，啃食可以吃到的树叶。我走过去，在它对面吃了几片树叶。焦虑消失了，变成了一场游戏。舍维知道我现在住在森林里，能够把我和使用森林的其他人区分开来。和其他狍子一样，它只认我，认得我独特的气味，别人试图接近它，它会毫不犹豫地跑开。它好像在给我发信号："我想了解你，你可以跟着我，但要慢慢走，因为我还有点害怕。"信号收到。我和它的距离不到十米了。

地上树叶的声音似乎已经不再打扰它，但来了一头两年前出生的、我不太熟悉的狍子。它来自更远的一片区域，我把那里叫做"博尔德"。新来的狍子远远地观察着我们，显然不想再靠近，一直在远远地嗅着我们的气味。它肌肉发达，看起来很多疑。于是我就叫它"多疑"。舍维一边观察多疑，一边向我靠近，保持一定距离围着我转，以隐藏自己，并确保它和多疑之间始终隔着我。我一眼看穿了舍维有多么勇敢，但我不能干涉。这是它们的事。多疑终于走近，来打招呼。几分钟后，它想把舍维吓走，然而我的在场干扰了它。尽管手段有些犹豫，但多疑还是决心赶走一直躲在我身后的舍维。不过它最终也无可奈何,只得放弃,走开了。

我和舍维一起度过了整个下午,并意识到,与多疑的会面拉近了我们之间的距离,有种感觉告诉我,我们俩正在建立起深厚的友谊。我仔细观察它,端详它,享受这神奇的时刻。我待在它的上风处,这样它就更容易嗅到我的气味,这安排似乎让它很满意。要知道,舍维生活在一个充满气味的世界里。它的鼻腔多皱、无毛、湿润,让它能够辨别风中携带的所有气味。按照定义,潮湿的空气比干燥的空气更容易携带气味。所以,在四月干燥的空气里,舍维不停地舔着鼻子,以增加呼吸的空气湿度。有时,它还会稍微抬起口鼻,以更好地获取不同高度空气里携带的信息。因此,它得以区分那些以纯真的态度和气味定期来到森林的人类与那些偷偷摸摸潜入它生活空间的人的行为。无论风向如何,处于散步者下风处的狍子会知道有人在那里。

舍维继续一边溜达一边做标记。它时不时地用前蹄抓挠地面,走几步,撒尿,用鹿角相继蹭擦一蓬欧洲蕨、一棵年轻的白杨树,以及一株干枯的老灌木。狍子身上的诸多气味腺在日常生活中发挥着重要作用。它们位于蹄甲之间的蹄腺会分泌一种物质,附着在地面,从而让家庭或群体的成员们即使在茂密的森林中也能跟紧脚步。在后蹄的脚腕处,狍子长有一小片被稍长的被毛掩盖的腺体区域,能分泌一种气味,移动中擦过低矮的植被,就能留下这种气味。每一个动物,以及每一个人,都是一杯独特的气味鸡尾酒,是出汗时透出皮肤毛孔的分泌物的精酿。这种嗅觉印记能让狍子在记忆中找到与它有过交集的动物或人,从而认出对方。这就是我融入它们世界的方式。我的衣服、装备、汗

逃跑的多疑。凭借非凡的智慧和对地形的了解,多疑不止一次逃脱了猎人的追捕,保住了性命。

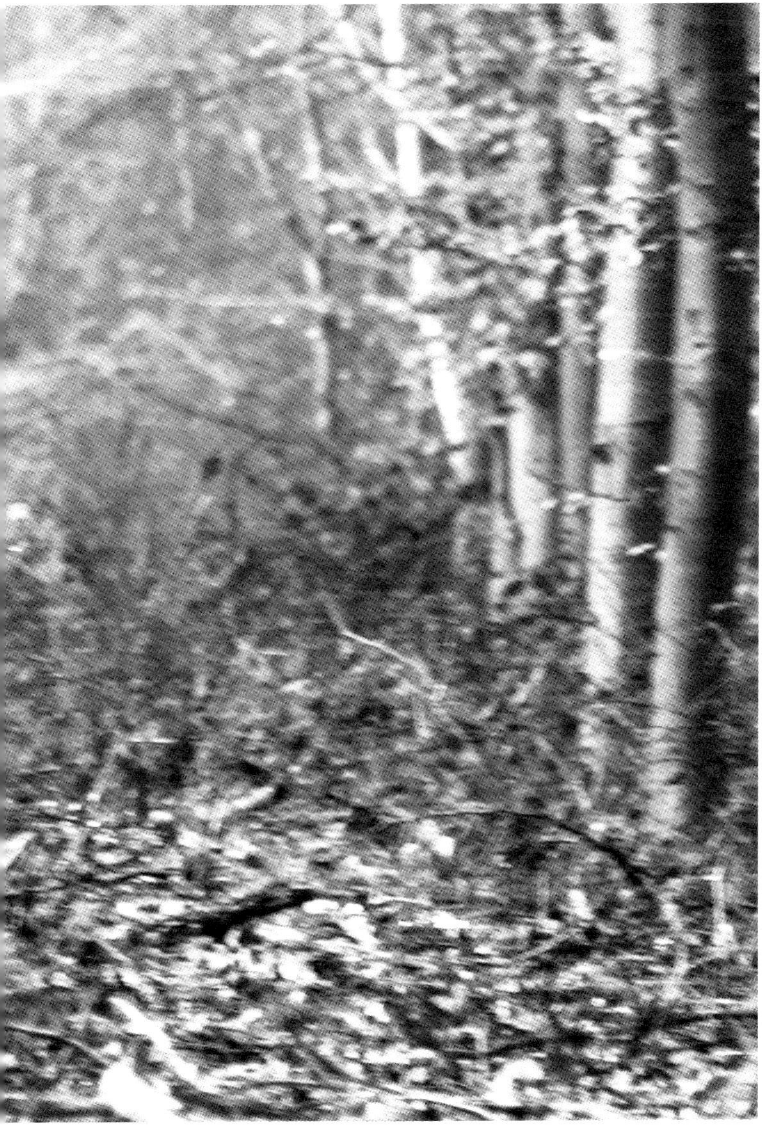

水、尿液都浸满了我的气味。这种气味混杂着花粉和灰尘，还有我行走时折断或踩碎的植物的汁液，这让辨识变得更加复杂，但也让它们能够感知我的位置，知道我要去哪里。

多疑走后，舍维又用额头上的另一个腺体区蹭擦它已经标记过的地方。只要能展示自己的存在，百无禁忌。从蕨类植物到枯枝再到灌木，舍维都蹭上了这种我觉得闻起来有点苹果香的物质，标出自己的领地，留下自己经过的痕迹。多疑等小雄狍或富热尔这样的母狍也会同样在此留下经过的标记。随后，舍维用前蹄抓挠标记下方的位置，用力按压，以留下一个非常清晰的脚印，就像在自己的作品上签名一样。从五月到九月，这些腺体会变大，因为此时领地争夺最为激烈。狍子选择蹭擦的树木直径不超过两角之间的间隔，这些小伤基本不会影响林木的未来。但是，万一林业人员神经搭错，在一片清空的林地上重新种植高大的落叶树，而又不对植株进行保护，那他们就得为自己的选择负责了！

我和舍维共处了几天，了解它的领地和路径，渐渐与它形成了一种比和其他狍子都更强烈的默契，就好像天生便认识一样。我和它在同一时间思考同样的事情。无论我去哪里，无论它去哪里，我们都会不期而遇。仿佛是命运强迫我们结识对方一样。一天傍晚，我丢下它和富热尔，去收取桦树汁，却发现它跟在我身后，舔着我取过汁的每一根树干，因为还有一股细细的汁液沿着树皮流淌。富热尔胆子有点小，但它从不远离自己的情郎，它不会主动跟我打招呼，但对我的活动很感兴趣。而舍维似乎是为了向爱人显示自己的勇敢，给自己设置了一些挑战，比如任凭一个人尾随自己而不害怕，甚至和我在同一片灌木丛中取食，或者靠近我的鞋子闻一闻。就我个人而言，我不确定这种态度会让富热尔心跳加速，但我必须承认，舍维的行为给我留下了深刻印象，因为从来没有一头狍子对我表现出如此浓厚的兴趣，让我如此迅速地接近它。

短短几周，从惧怕到逐渐信任，我们最终建立了坚实的友谊。现在，舍维将我融入它的生活。我可以和它一起玩耍，并肩散步，与它在荆棘丛中一起进食，我们还一起做了很多其他事情。有时我甚至觉得，我与舍维之间的隔阂比舍维与富热尔之间的还要小。多亏了它，我觉得自己有点像一只狍子了。完全融入。和舍维在一起，我感到很自在。它不会评判我，甚至让我觉得它理解我。我们是血浓于水的兄弟。我们组成了形影不离的铁三角，度过了充满欢乐、友谊和相互发现的不可思议的四月。

14

我与舍维的友谊纽带日益牢固，对彼此的好奇心每天都在拉近我们之间的距离。舍维以惊人的速度观察我，向我学习。它接受我所有的动作和气味，因此我们得以更好地交流。我学会了一些从达盖和西波安特那里没听到过的低语和咕哝。令人惊讶的是，它还能听我唱歌、跟它唠叨，似乎还能把我的话和我的行为联系起来。过林间小道时，我对它说"注意，现在要小心，因为有人"，即便听不懂我说的这句话，它仍会把我的关切、气味、姿势与当时的情况和迫近的危险联系起来。当我蹲在他身后问"你还好吗，我的舍维？"，它就会停下来，歪着小脸，舔着自己的鼻子，温柔地看着我。它的眼睛闪闪发光，似乎在回答我："当然，我很好！你呢？"我意识到狍子是多么善于交流。仔细观察，我发现关于狍子，可听的比可看的多得多，因为它们有时非常吵闹。它们通过尖叫来提问、互相游戏比试，或者仅仅是出于好奇。一连串的吠叫伴随着短促的跳跃是在向附近的其他狍子发出危险信号。幼仔和母亲在行走时会轻声细语，以免失散，或打发无聊。幼仔害怕时，会发出更有力的尖叫，这是一种高亢、节律性的鸣叫，听起来有点像旋木雀的叫声。这种声音的目的是让母亲不顾危险跑到它们身边。在七月和八月的发情期，一岁左右的雄狍尖锐的呼吸声非常有特点。它有时低吼，有时则对着自己鸣叫。发情的雌狍则发出各种不同的叫声，是略带嘶哑和凄厉的尖啸。被发情的雄性追赶时，它会发出更响亮的叫声，是一种难以描述的发自内心的低喊。

舍维让我了解到狍子的心态，我很快就能模仿它们的语言。这些复杂的代码有着精确的音程，不可掉以轻心。我绝不会每天都会以相同的方式称呼一位狍子朋友，因为必须考虑到气候、温度、风力、天气，还有更难感受的大气压力的影响。除此之外，还有对狍子的真诚。不能为了吸引朋友而愚蠢、自私地狂叫，而是要知道当它们回应时自己要说什么、做什么或明白什么。它们一点不喜欢"狼来了"，我也不想让它们失望。同时，也很难找到狡诈的狍子，因为它们总是很开心。我也不会给舍维下命令，因为我不想把它贬低为宠物。反正它也不会听我的，它就像山羊一样固执！说到底，在这个故事里我才是宠物，是走在野生动物后面的人，而不是相反。我承认，有时候我希望它们能听我的话，因为狍子太爱冒险，在探索新领地时，有时会把谨慎抛在脑后。它们并非无知无畏，只是无忧无虑。为了它的安全，我曾试着劝阻舍维不要去太危险的地方，比如运动步道、公路边，或大下午的在林中空地散步。但即使挡住它的去路，也无济于事，于是我对自己说：我有什么资格禁止它做任何事？我们一致同意，自由和野外生活的最大好处就是，即使危险无处不在，也不会受到任何约束或命令。活着本身就是危险的，为什么要禁止它去生活呢！自然界的障碍已经够多了。

说到天然的障碍，有一个是舍维想都没想过的，那就是多

夜晚的舍维。黑夜唤醒感官。嗅觉、听觉，还有触觉，尤其是植物的触感，而我必须借着月光才能辨认植物。

疑。几天来，多疑似乎看上了富热尔，而富热尔似乎也并不抗拒这位"帅小伙"的追求。舍维和多疑是两种截然不同的性格。一个可爱，有点孩子气，身材苗条，诡计多端，但又充满柔情。另一个则比较粗鲁、成熟、大男子主义、魁梧、霸道。此外，多疑还在达盖的领地旁边开辟了自己的领地——提醒一下：达盖是舍维的保护者。对我的朋友们来说，这可能变成一个漫长而复杂的故事。富热尔得决定两个追求者中谁更配得上自己——它选择了轮换。一天是舍维，一天是多疑，对此，两位唐璜终于在一件事上达成了一致：这种局面不可持续！春末的共存气氛很紧张，富热尔最终决定在夏天独自过。与此同时，多疑也放弃了自己的领地。住在达盖旁边太危险、达盖太有威慑力了，更不用说还有西波安特这样一个爱吠叫、爱抱怨的邻居。舍维伺机占据了多疑离去后空置的领地，而且似乎已经熟悉了那里。我发现它格外聪明和狡猾。它现在拥有大约二十公顷的领地，却一次也没有为之战斗过。一半领地受到达盖的保护，另一半则是前主人闲置的。这可真不简单！

几天后，舍维又给了我一个惊喜。我跟在它和富热尔身后，穿过一片山毛榉林。它们时不时地吃几片叶子，尤其是丛林银莲花。我的朋友们大量食用这种毛茛科植物，因为它含有一种单宁酸，可以帮助狍子清除肠炎——这种疾病类似于人类的胃肠炎，但在大多数情况下对狍子来说是致命的。这种植物喜欢在阴暗潮湿的灌木丛中生长，并不是所有的狍子都能吃到，因为这取决于它们的活动区域，尤其是那些生活在酸性土壤的松树林或冷杉林中的狍子。舍维和富热尔吃饱后，找了个平静安宁的地方，静静地反刍。富热尔卧在伐木工人新近砍下的一段小圆木旁。舍维环顾四周，似乎没有合适的地方。它于是登上一个小坡，我很自然地跟了上去。我走到它身后几米处，蹲下身子。就在这时，它决定转过身来看看我。它在我面前停下，观察我，嗅我。它开始清洁自己，还不时偷偷地四处张望几眼。在这里可以一览无余地俯瞰整个森林。几分钟后，舍维向前迈了一步，有点晃悠，然后看着我。我没见过这种态度，之前没有任何狍子有过这样的表现。舍维抬起头，然后又低下头，贴近地面，嗅着我身上散发出的不同气味。它慢慢地走近前，围着我转圈，继续闻我的气味，然后，好奇心驱散了它的顾虑。它靠近我的脸，开始舔我的脸。我能感受到它温暖柔软的小舌头热情地抚摸着我的皮肤。我能感觉到它温暖而有节奏的呼吸让我的心脏狂跳。这是第一次有狍子对我表现出如此的热情。这是一种巨大的幸福、喜悦、满足、自豪，任何话语都无法形容我当时的感受。千百种情绪让我脊背生凉、寒战不止。舍维用舌头细细地为我清洁，它"品尝"我，要记住我身上独特的气味，这将永远筑牢我们的友谊。它的舌头舔过我的眼睛、耳朵和鼻子，然后撩起我的嘴唇。它毫不客气地掀掉我的帽子，闻了闻我的头发，玩弄了一下，然后把头伸进我的毛衣领口，舔舔我的脖子。一处不落，全套清洁。这持续了好一阵，随后，我抚摸着舍维的前胸，它看着我，显然对这次交流很满意，然后在我脚下卧倒。我一直蹲着，趁机半坐于地，伸展一下双腿。我们之间正在发生一些绝无仅有的事情，从舍维闪亮的目光中，我知道我们的关系是信任、尊重和仁慈的代名词，这正是狍子和人类的友谊成功的关键词。

15

在一个美妙的初夏午后，舍维和我漫步在一片山毛榉林中，一棵伟岸的白桦树伸展着轻盈柔韧的枝条。舍维在一棵倾倒的大树的树根处卧倒，这棵树是在冬天最后一场暴风雨中倒下的。我们相互凝视了一会儿。我真的很好奇，为什么它比之前任何一头狍子都更想驯服我。它是否感受到了我和它生活在一起所获得的无穷乐趣？卷入这场不同寻常的冒险，每天都让我对自己有更多的了解，改变我对自己的弱点、优点甚至欲望的看法。它是否也赞同我更多地了解它？树梢在温暖的南风中轻轻舞动，带着绿意的影子在它脸上来回掠过。我躺在地上，背靠着一张蕨类植物的床，注视着纠缠在一起的翡翠般透明的树叶。我们在那里待了很久，躺在洒满阳光的树林下，享受这个神奇的童话般的时刻，把自己完全交给大自然，让野外生活束缚的重担从我们身上滑落。那一刻的喜悦与浸透我全身的安宁无以言表。我们度过了一个下午，享受慢慢流逝的时光，直到日落。

我们站起身来，因为这醉人的休憩而浑身乏力，周围的平静让我们有些惺忪。我们穿过乔木林下的灌木丛。我拨开沿路已带上夜间清凉的蕨类植物，白天积累的温暖气息拂面而来。时而凉爽，时而温暖湿润，空气中弥漫着禾木和软草的蜜香，让我目

两个邻居。福依路和米米纳是我经常遇到的獾。对它们来说,我是森林里的居民之一,不构成任何危险。

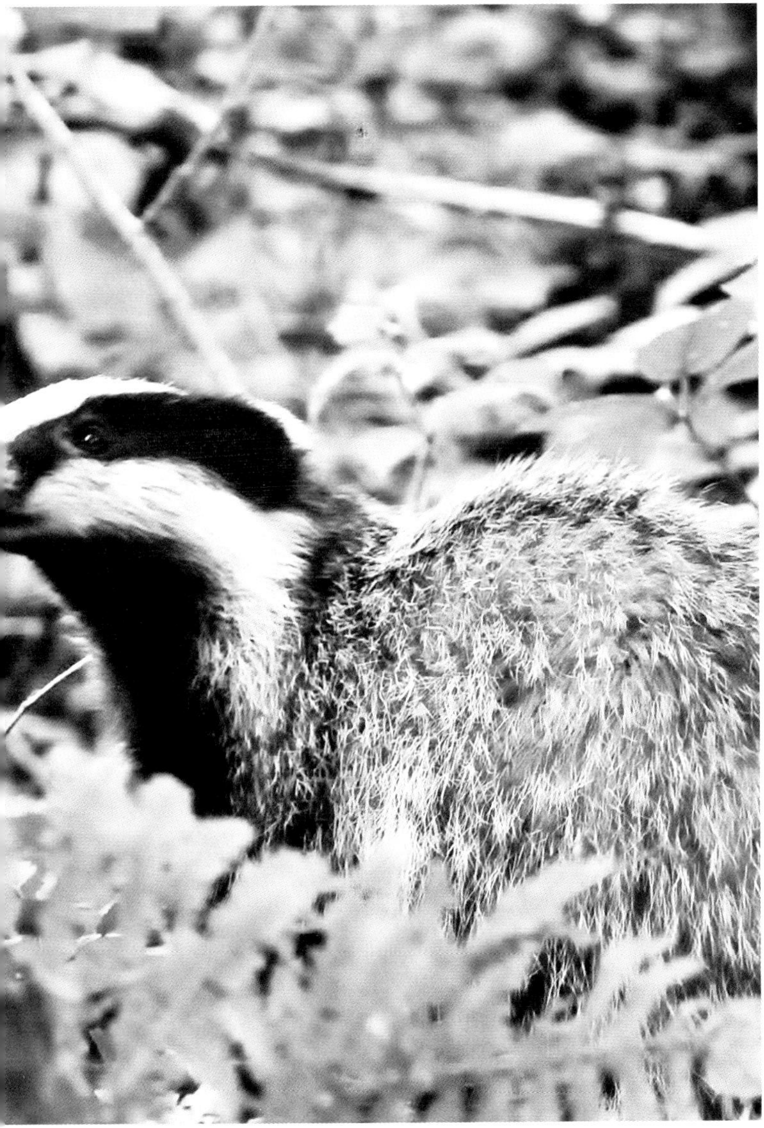

眩神迷。在这个分不清是白天还是黑夜的时刻，山雀、知更鸟、燕雀和其他所有鸟类都逐渐安静下来，为夜晚的沉寂让路。所有的嘈杂声都在笼罩我的夜幕的清新气味中消失了。整个森林都醒了，但却没有一丝声音扰乱这份宁静。夜色渐深，我们在森林的不同层域穿行。几只身影迟疑的夜鹰在我们穿过的林间空地上空盘旋，离开白天的藏身地去追逐昆虫，用类似猫科动物咕噜声的独特鸣叫打破荒野的单调。

片刻之后，我们在橡树林中央歇脚，一只雄性黄褐色猫头鹰在那里发出强有力的叫声。一只雌性猫头鹰加入进来，它们的二重唱在黑暗中回荡，远处还有另一对猫头鹰在回应。待到夜浓如墨，这些可怕的猎手将成为小型啮齿动物的噩梦。稍后，一只猫头鹰无声地扇动翅膀，一股轻盈的气流从我头顶飘过。一轮圆月淡淡的白光照亮树丛，勾勒出我的影子，像幽灵一样。森林不再是原来的模样，面貌发生了变化。在这样的夜晚，我的感官十分敏锐，每走一步都像是在植物的大教堂中漫步。我能感觉到树根在脚下移动。当微风掠过树梢，我可以听到树干吱嘎作响，就像帆缆索具被海浪折磨。树与树之间在交流。我是它们谈话的主题吗？在这个神奇而神秘的世界里，一切都让人浮想联翩。

舍维把我带回现实，它轻声耳语，让我明白，必须快点去它想去的地方。如果我不依从，它就会靠近我，低下头，伸长脖子，像是嗅我的鞋子一般用力吹气，然后又小跑几米。在一次短暂的休息时间里，我在它身边睡着了，睡梦中，一只鼩鼱——世界上最小的哺乳动物——在我毫无察觉的情况下，偷偷钻进我的裤腿，享受着我的体温。我也是一间客房了！在这种情况下，它会以两种方式醒来：一种是一声尖叫，然后疯狂地逃跑；另一种更为罕见：咬一口作为答谢。

片刻之后，我们走上一条小路，前往一片植被稀疏的台地。澄净的天空下，我凝视点点繁星。视野边缘的冷杉树梢形成了一个漂亮的深褐色镜框，把星空衬托得更加璀璨。舍维看着我，微微抬起头，就在这时，一颗流星从头顶划过。我许下一个愿望——我希望它能成真——愿我们永远是朋友，永远不分开。我会尽全力守护你、保护你，因为我知道，我们会在一起度过最美好的时光，任何事物、任何人都不能把这些时光从我们身边夺走。

黎明即将来临，略带橙色的晨曦勾勒出森林的轮廓，森林里依然凉爽湿润。我们来到向阳的白垩岩山坡，捕捉第一缕曙光。太阳腼腆地出现在邻近的山头之上。塞纳河和厄尔河上的薄雾混合在一起，向上升腾，光之恒星则向下方如镜的湖泊和池塘投出第一道霞光。我听见远处传来公鸡的啼鸣，预示着美好一天的开始，谷底的乡村教堂也敲响了第一轮钟声。一只黑狐狩猎归来，显然收获颇丰。最后一批野猪穿过沾满露水的草地和田野，进入森林深处，在人类醒来之前躲进安全的巢穴。夏日，白昼漫长……

16

家里的气氛突然变得无比压抑。显然,我不再是个受欢迎的人。为了不打扰任何人,我只在万不得已的情况下才回去,总是在晚上,而且动作迅速。匆匆洗漱一番,几秒钟吞下一碗白奶酪,找到火柴就拿上,然后不留痕迹地离开。这房子里的一切都让我紧张。各种气味是那样刺鼻,各种家用电器的运转声让我恼火,甚至连灯光都让我心烦意乱。我觉得我再也受不了人类世界了。还是待在森林里更好。

多亏了达盖、西波安特、舍维和其他所有狍子,我现在掌握了户外睡觉的技能,不用睡袋、遮挡,也不用暖气。它们教会了我如何以较短周期生活、进食和睡觉,这让我无需承受太多身体上的痛苦便可生活——或者说生存。不可能在每个歇脚处都搭一座小屋或生一堆火,几小时后又将它丢弃,搭建大本营也毫无意义。但这并不妨碍我用木片和绳子制作一道栅栏来挡风,或者在天气恶劣时搭建一个临时庇护所。但这需要时间和精力。我有时这么做的唯一原因是浑身都被淋湿,因此想晾干各层衣服,而当时气温也变得难以忍受。更何况,到了冒险的这个阶段,没有人,绝对没有人关心我在这片森林里的生活,我现在害怕被人注意到,谨慎起见,不能留下任何我经过的证据。我的足迹都在灌木丛里野猪、狍子或鹿踏出的兽道上，在那里我很容易隐藏自己的踪迹。白天穿过林间小道时，我像狍子一样谨小慎微，因为我最糟糕的噩梦就是被护林员发现，虽然他并不经常在场。我选择了这样的座右铭："避人耳目，生活幸福！"

户外生存并非不可逾越的困难。关键是装备合适、条理清晰。必须懂得节省体力，通过缓慢呼吸来控制心跳，在严冬调整行走方式，因为汗水将成为头号敌人。我不能像秋天的大雁那样向南方迁徙，它们在飞行中摆出 V 字形阵列，代表"旅行（voyage）"的 V，引诱我们做白日梦，探索遥远的土地。我不能像睡鼠、旱獭或刺猬等动物那样慢悠悠地生活，它们很幸运，能在寒冬恶劣天气肆虐的时候躲在洞里呼呼大睡。我只能自力更生，搞些权宜之计，等待冬天过去。我必须解决两大问题：保暖和觅食。无论白天黑夜，长时间睡眠都会危及生命，尤其是在冬天。躺下时，心率会降低，半小时内就会感受到寒冷的影响。几小时后，手脚会变得冰冷麻木，逐渐陷入失温。因此，将自己与地面隔离至关重要，所以我也像狍子一样，用脚刨地面，清除植被。泥土比腐烂的树叶更温暖，湿度也更低。我再把冷杉或其他针叶树的树枝垫在地上，这样既能和地面隔开，又能反射身体的热量。多亏有毛衣，我可以根据气温睡上几个小时，但在极寒的情况下，睡眠时间非常短，而且只能在白天。我借着中午最温暖的那缕阳光小睡片刻。醒来时，我常常感到昏沉，有点麻木，但总是很高兴能享受这宁静的时刻。有时我根本不睡觉，而是盘腿坐在挡风的树下，打几分钟瞌睡，然后重新出发。

雾中的富热尔。 雾是无价的盟友。气味会通过雾中含有的微型水滴在空气中传播。因此，狍子在看到人之前就能察觉人类的存在。

食物也是同样的道理，我不可能给自己搞一个食品储藏柜。于是，和狍子一起移居就成了一种习惯。根据季节的严酷程度，如果秋冬季节没有足够的食物，我就必须和它们一起移居，这与大本营的想法完全不相容。但我不觉得麻烦，迁徙的生活更便于我适应水土。久久不开春、食物供应变得稀缺的时候，狍子就不得不到农田里觅食，它们会吃冬季谷物、油菜、块茎或"杂草"。只是幼苗一旦长到十厘米以上，狍子就会掉头他顾。到了春天，作物还会继续生长，啃食造成的创伤几周内就会消失。不过冬季是农户在田间喷洒农药防治病害的好时机，因此狍子只有在万不得已时才会下农田。对于西波安特、维鲁尔和瓦鲁这些年长的雄狍来说，古老的森林里有果树、橡树和栗树，值得去碰运气，而我必须适应这一切，因为当春季植物复苏、食物供应恢复，它们会回到树林中保卫上一年的领地。母狍则可能与幼仔一起在过冬的农田里多待几个星期，如果它们觉得安全，而且没有太多人类打扰，甚至可以在那里待上整个夏天。独身的母狍会去寻找已经拥有领地的雄狍，把雄狍带到它自己选择的交配区域。要知道，狍子对农作物产量的影响很小（不到5%）。相反，农业机械持续对狍子造成可怕的伤害，尤其是幼狍，可能会被撞死或轧死。苜蓿田和草地对幼狍特别有吸引力，因为它们把这些地方当作休息场所，而农业机械造成的这种附带损害几乎会使一个种群的年增长量减半。

狍子非常依恋自己的栖息地，而且在藏踪匿迹方面格外聪明。它们记忆力惊人，在自己的地盘上更是如此。它们具有很发达的动觉，对周围环境了如指掌。在惯常的路线上，它们不用去看地上的障碍物，甚至不用去想它们，也能以每小时一百公里的速度奔跑和跳跃。这种肌肉记忆对狍子有着不可估量的帮助，尤其是当它们被捕食者追赶时。人类也能在较小范围内掌握这种记忆，因为正是有了它，我们才能在晚上找到电灯开关或避开床脚。另一方面，由于没有镜子欣赏自己的角，狍子必须记住角的位置、形状和长度，因为一旦褪去覆盖的茸皮，角就会完全失去触觉。

我还注意到，舍维和许多其他狍子还能记住最佳觅食地点，还有为它们提供最多叶片和果实的树木的位置。这种行为似乎表明，它们能记住前几个季节的经历，有时甚至能记住六年以上，这取决于树种，也解释了在它们的生活区域伐木过于频繁而造成的某些心理障碍。时间表的变化（夏令时和冬令时）会给它们造成几天甚至几周的困扰。众所周知，壮年的狍子是一种在黄昏活动的动物，如果狍子经常在晚上七点半穿过公路，而此时车流适中，那么到了冬令时，此时变成了晚上六点半，车流更加密集。这对狍子来说是一个容易造成事故的因素，即便有些狍子比其他狍子更善于观察，会迅速改变日程安排，以免在错误的时间出现在路边。遗憾的是，并非所有野生动物都有这一能力。被路杀的动物仍然太多。

17

春天来了，温和湿润的西南风带着银莲花、榕葭和灌木丛中其他花朵的清香扑面而来。我任凭温暖的阳光抚摸脸庞，这阳光仿佛在告诉我，漫长难熬的冬季已经过去。树梢上，鸟儿列队大合唱。这是爱情的季节。升入林冠的所有歌声似乎汇成了一首歌，幸福之歌。

远离林冠的地下，我和狍子们准备着自己的领地，顺便不时啃几口当季美食。勇气是舍维同父异母的弟弟，是西波安特和新伴侣萝西结合后生下的一只非常年轻的雄狍。勇气性情温顺，努力延长与过冬同伴们的友谊。它的妹妹莉拉则享受着母亲萝西给她的附属领地。这有助于它避开附近雄性的挑逗。每天，勇气都会在自己的领地上做更多的标记，完善它的标记，并积极抵御在周围游荡的其他年轻雄狍。几周之后，它成功控制了一小块略大于五公顷的土地，以它的年龄而言，并不算太差。

一天早晨，远处传来一阵嘈杂，打破了森林王国的宁静。我和勇气决定去看看这些不寻常的刮擦声、尖啸声和撕裂声是从哪里传来的。原来是一个入侵者闯入了这座荒野堡垒。这片森林大约在四十年前种植，由欧洲赤松组成，间或保留了一些古老的千金榆、山毛榉、橡树和桦树。我们在林子里看到一台惊人的机器，类似某种拖拉机，有八个巨大的越野轮胎，长着机械臂。机械臂的末端是电锯和一个巨大的铁钳。这台机器将树环抱抓牢，从根部锯断，毫不费力地将它举起，同时从根部开始剥去树皮，一直剥到树梢，然后砍去树梢，将树干切成长段，形成一截截原木，完成后再继续处理另一棵树。破坏速度如此之快，噪音如此之强，我仿佛听到树木在尖叫。勇气因为这台机器出现在它的领地上而感到害怕和恐惧，它跑开了，一边还吠叫着。在机械怪物完活的三天里，年轻的雄狍不再去标记自己的领地。

恢复平静后，我们返回现场查看变化。机器毁了一切。我们看到的不再是食物丰富、有松鼠、睡鼠和鸟儿筑巢的宁静天堂，而是一片死寂的荒凉平原。机器将一切夷为平地。只有一棵腐朽的树干以生物多样性的名义幸免于难。几个月后，树干上被贴了一个小标签。莫里斯·巴雷斯在《法国教会的伟大慈悲》（*La Grande Pitié des églises de France*）中写道：

> 你知道每当看到泉水被污染、风景被抹杀、森林被砍伐或一棵美丽的树被砍倒而没有替代者，我们内心深处产生的那种痛苦和反对吗[……]？我们此时的感受[……]与失去物质财富的遗憾截然不同。我们无法遏制地感到，为了我们的全面发展，我们需要植物，需要自由，需要生命，需要快乐的动物，需要未被引流的泉源，需要未被关入管道的河流，需要没有铁丝网的森林，需要超越时间的空间。我们热爱森林、泉水和广阔的地平线，因为它们为我们提供了服务，还因为一些更为神秘的原因。普罗旺斯山丘上燃烧的松林是一座被炸毁的教堂。阿尔卑斯沟壑纵横的斜坡、比利牛

斯崎岖不平的山坡、香槟地区荒凉广阔的土地、中央高原的喀斯、荒地、灌木丛，在我们心中就是一个个村庄的广场，广场上的钟楼正轰然倒塌。

我看着勇气，从未见它如此惊惶不安。它从右到左，再从左到右，扫视着不久前还是它领地的地方，嗅着空气中萦绕的机油味。它向前迈出一步，犹豫良久，还是放弃了。它垂头丧气，陷入深深的焦虑。我从它绝望的眼神中看到，领地被毁导致它再也没有了栖身之地，食物将很难找到，遑论参与交配季节的竞争了。

缺乏保护的勇气游荡在竞争对手的领地上。没有哪只母狍会要没有领地、无法为它提供安宁环境的雄狍。由于无法在短时间内重建一块新领地，不断被其他雄狍逐出地盘的勇气在一片五平方米的荆棘丛里度过了整个夏天。有限的食物数量和种类摧毁了它的身心。悲惨的生活和恶劣的生存条件迫使它冒着生命危险涉足禁地。它精疲力竭，脱毛掉膘，寄生虫侵入它的身体，我担心它会生病。它哭泣、呻吟，等待着秋天，等待着冬季友谊重生的季节。我从未见过健康状况如此糟糕的狍子。

林业人员对森林及其居民的蔑视让我深感痛心。森林首先是接纳其他动植物群落的树木群落。当森林的平衡被打破，所有群落都会变得脆弱。森林是生命的写照：复杂、神秘、多变。它为居民提供资源、保护、荫蔽、慰藉和美丽，最重要的是，它具有重要的生物学意义。我之所以能与狍子和其他野生动物一起生活，并不是因为我运用了科学，而是因为我通过了解大自然最壮丽的作品之一森林，洞悉了它们的秘密。学习一门语言靠的不是逐字逐句地翻译。学习一门语言，是要学习其表述的微妙之处，学习这个国家讲这门语言的居民的生活方式，而不是与自己已掌握的语言相比较。我很幸运能与野生动物生活在一起，因为我不是在翻译自然，而是在讲述自然。

目前的林业管理方法不符合自然规律，因为砍伐森林造成的破坏对于非常依恋自己领地的狍子来说是一场真正的灾难。林业和狩猎管理必须顺应自然规律。人类像种植豌豆一样种植森林，为我的伙伴们创造了人工的森林生活条件。然而，山谷、稀疏的灌木丛和人类认为"质量差"的土地为我的森林朋友们提供了它们寻求的不规则面貌。如今的林业采用机械化砍伐、工业化节奏和在数十万公顷单调的土地上重新造林的方法，造成了鹿群的不平衡，迫使它们在田地、果园和年轻的种植园间游荡。

我们正在目睹大规模的种群外迁，它们日益逃离森林环境。在1990年代开始机械化伐木之前，厄尔-卢瓦尔地区的博斯平原上只有很少的狍子。如今，它们白天以五到十只为一组生活在树丛里，等待黄昏和黎明时分到田野里觅食。在滨海夏朗德省的葡萄园里，从前没有狍子来吃葡萄叶，在果园和花园里也很少出现。如今，在食物种类、质量和数量方面，森林已经无法为它们提供保障，更不用说提供保护了。比起待在森林深处，狍子更喜欢待在灌木丛和森林边缘，但人类由于持续的城市化需求，来到山谷中定居，蚕食它们的生存环境。森林的扩张是自然的，而我们却在森林中心人为制造了多少缺口啊。我们根本不必施加巨大压力来控制狍子种群的数量，因为自有狐狸和老鹰这样的天敌攻击它们，这些捕食者会吃掉幼狍；在某些地区，猞猁和狼会取而代之，更不用说疾病，以及——超乎我们的估计——流浪狗。

死亡和出生数量就这样达成了平衡，使特定地区的狍子数量基本保持稳定。纠正管理不善的解决方案之一是保留最具领地意识的成年狍子，同时将狍子的密度限制在该地区承载能力范围内。这样，物种的自我调节原则将一代又一代、缓慢、逐渐地落实到位，因为动物不会自杀，也不会消耗比大自然所能提供的更多的食物。还必须让动物能在白天安静地进食，灌木丛在整个森林中合理分布，避免野生动物集中在一些区域。应该营造稀疏的阔叶林，少种植针叶树，以促进地面植被的生长。特别是在荆棘丛附近开辟空地，在灌木丛中种植浆果，这样狍子就能找到黑刺李、冬青果、蓝莓和其他许多水果。得让这些空地或边缘地带变得舒适，让狍子喜欢的禾本植物能够生长成熟，并保留能结出林果的树种。

森林的每个区域都有自己的动物。平原上生活着野兔、鹧鸪、田鼠、老鹰和红隼。树林是兔子、狐狸、獾和许多其他动物的家园。森林边缘则是狍子、鼬、貂、石貂、狐狸和獾的家园。森林越广阔、越茂密，越深入森林中心就越有可能遇到野猪等大型动物。林木应被视为人类与地球上其他生物的联系纽带。林业人员应回归更人性化的工作方式，尊重自然循环，为同样生活在这个环境中的动物提供更有趣、更美味的东西，让它们对我们想要利用的树木失去兴趣。大自然不是矿藏，而是包括人类在内的所有动物的共同财产。

让我们记住：

> 如果文明和文化是通过砍伐森林中的第一棵巨树进入一个地区的话，那么当斧头砍完最后一棵树，文明和文化也会随之消失。

18

一天夜里,万籁俱寂,我决定回家,主要是想洗个热水澡。不知道为什么,我有一种不祥的预感。这天晚上看不到星星。轻风吹过赤松的树梢,飘来清新的树脂香味。我沿着一条狭窄的小路前行,这条路通往山谷下方森林边缘的森林小屋。我穿过一条河堤,狐狸和獾已经在堤上挖了洞。我遇到了狍子老朋友瓦鲁和它的伴侣诺埃尔,它们正在玩耍,在第二次世界大战留下的那些巨大弹坑里横冲直撞。它俩住在一条新近修建的输电线旁。一个百米宽、数公里长的巨大缺口现在横穿它们的生活区。池塘干涸,数百公顷的山毛榉消失了。谁能想到这里曾经是森林……

我继续旅程,到达灌木丛。我来到一条铺了柏油的林间小路,穿过最近为防止动物走出森林而修建的栅栏。除此之外,整个森林早已安装了围栏系统。秋天再也听不到鹿在草地上吼叫了。我已经有很长一段时间没有离开森林了。我习惯了这个环境的声音、气味和感觉,已经完美适应了这里。走到森林边缘时,风向变了,气味不再相同,空气也不那么潮湿。青草的味道扑鼻而来。风比森林里更大,穿透我的每一层衣服,吹得我直打哆嗦。才迈入平原,森林就已经在召唤我了。就好像和一位朋友在车站月台上离别，火车驶离，我感觉再也见不到她了。我沿着老式路灯照亮的街道，走在人行道上。院子的大门上了双层锁。我翻进去。到了前门，我把钥匙插进锁孔，但卡死了，打不开。我决定穿过车库的小门，然后再穿过另一道通往房子内部的门。我来到冰箱前：里面空空如也。我看了看各个食品柜，也都是空的。有些甚至上了锁！后来我才知道，食物都被藏起来了。我含泪离开。我知道，这是我最后一次回到这所房子了。我头也不回地小跑着，想尽快回到现在被我当作真正的家人的狍子身边。

我一回到森林，就去找我亲爱的朋友舍维，但怎么也找不到它。我花了整整一上午的时间寻找，但就是找不到。几小时过去了，我心情越来越低落。我亟需向它倾诉我的悲伤。我沿着它常走的路来来回回，却没有看到它。我在林间空地上休息了一会儿，没吃东西，反正什么也吃不下。下午早些时候，身心俱疲的我出发去另一片森林，那里是我和它通常休息的地方。这时，我看到了它的身影。它神气地站在那里。它看着我。我不假思索地冲过去，一把抱住它。我双手搂住它的脖子，趴在它肩膀上哭了起来。它一动不动地站了好几分钟。当它把脸靠在我肩膀上时，我感觉到它的心脏贴着我的脸颊跳动。它的体温让我感觉很好。它抖一抖身子，好像打了个哆嗦，然后开始舔我的脸。我很高兴见到它，成为它的朋友。我相信它能感受到我的慌乱不安。

狍子有这种感受情绪的能力，能够辨别善恶，区分那些盼它们好和那些想要伤害它们的人。我对自己的同类感到厌恶，他们野蛮地杀害我的朋友，破坏它们的环境，不尊重森林，我也被周围人的态度所伤害，从那一刻起，我决定尽可能长时间地自力更生，靠森林为生，不再回到那个我完全不理解的无人性的人类世界。舍维是我认识的最聪明的狍子，它不会评判我，对我的忧伤很敏感，在我需要它的时候，总是帮助我。在某种程度上，它的行为是真正意义上的"人性"。它不仅是我的朋友，还是我的兄弟。我发现了——从非拟人化的角度——一个非人类的人，我对它满怀敬意。

19

随着时间推移，舍维长出了漂亮的角。角长得很快，我的朋友开始觉得末梢有点痒。有时，当它靠近我拥抱我时，会趁机用角蹭我的胳膊、腿或背包。其他时候，则是往富热尔身上蹭。它用脑袋蹭富热尔的皮毛，然后笨拙地擦过它的脸。富热尔不喜欢这样，会往后退一点，但最终还是让舍维这样做了，因为意识到它感觉很痒。

鹿角的生长与牛角完全不同，牛角是有生命的，所以能终生生长。在狍子的角上，骨头被一种叫做"茸"的皮肤覆盖。茸皮的内部纵横交错着许多血管，为骨骼生长提供所需的养分。角在生长初期非常敏感，随着时间的推移，这种敏感性会略微减弱，但直到生长停止后才会完全消失。在雄性幼狍出生后的半年，骨心形成，然后开始长出五厘米的小鹿角。并非所有的幼狍都会长出这些凸起，这主要取决于它们的饮食质量。最初长在这些凸起周围的茸毛会在一月底消失，在二月被小角取代，到了次年，小角被第一次长出的鹿角取代，鹿角在四月前结束生长。令人难以置信的是，角的生长是由一种激素调节的，而这种激素的分泌完全取决于阳光。鹿茸出现在冬季，此时还没有雄性激素。到了春天，激素重新开始分泌，生长就停止了。角变硬，茸皮萎缩。狍子只需摩擦就能蹭掉茸皮。

茸皮之下的角是白色的，但狍子在树上蹭擦后，树液会使角呈现蜜色或褐色。狍子在山毛榉上蹭角，角的颜色较浅，而在针叶树上蹭，角的颜色就会偏黑。角上会挂上一些小球，一开始非常显眼，它们会像帕尔马奶酪刨丝器一样刮擦树木。用不了多久，角会变得光滑。在这段时期，林业人员以敌意的目光看待狍子，认为它们的褪茸之举损坏了可以采伐的树木。但受影响的树木比例仍然极低，如果当年不砍伐，来年还可以重新利用。等到五月，所有角都应该褪去了茸皮，最老的狍子早在三月就褪了茸。落在地上的茸皮没过多久就会变白，啮齿动物会被钙质所吸引，把它们吃掉。角由致密的骨头组成，一旦褪去茸皮，就失去了知觉。

舍维在遇到另一头雄狍时会展示自己的角，耀武扬威地点点头，有时还会头碰头地正面较量一番。角不能被视为一种武器，因为在面对捕食者时，反杀非常罕见；更为谨慎的做法是逃跑。狍子的奔跑速度可达每小时一百公里，而它的天敌却很少超过每小时二十公里。角主要是一种美丽的装饰品，春天，时髦的做法是炫耀自己的角，在小母狍的注视下压制对手。

茸皮脱落后，角的生长就会停止。到了秋天，角的基底（角与头骨相接的部分）细胞的自然衰弱会导致角脱落。狍子在奔跑或蹭擦树木时，角会自行脱落。请注意，个体的年龄对角的长度没有影响。像西波安特这样的狍子领地面积很大，很容易获得丰富多样的食物，所以相应地，它的角会相当大。

我们继续领地标记之旅，发现了各种蹭角的地方。我们遇到了乔科特，它的长相不好看，或者说头饰不好看。它的角看起来

舍维。我从不拍摄与我合不来的动物,因为我希望它的目光能够表达我们之间的友谊。

枯萎干瘪，上面虽然覆盖着茸皮，但生长过程中出了问题。角的生长速度非常快，在尚未变硬的时候，很容易遭受各种外伤和意外事故。今年的乔科特就是如此。它的左角在生长过程中被荆棘弄伤，现在覆盖着一层难看的皮肤，使它的生活变得有点艰难。幸运的是，这种畸形的角会像其他角一样在秋天被丢弃，后面长出的角也不会因这次事件留下伤疤。然而，如果是更严重的情况，如生病、枪伤、扭伤等，则可能造成灾难性的后果，因为角的生长周期是由非常微妙的激素平衡控制的。伤口位置不当会对角的生长造成严重后果，从而影响标记周期，并最终影响狍子的社会生活。

20

盛夏时节，我遇到了富热尔，它躺一片蕨类植物之上。天气炎热，它正在晒太阳。我颇为好笑地把它想作一个在地中海海滩上享受日光浴的小明星。它最终站了起来，直奔舍维的领地。我尽力跟上它，因为它走得很快。它在荆棘丛中穿行，嗅着不同层次的空气，以确定舍维的位置，然后继续寻找。它找到了舍维。它的态度完全变了，步履变得缓慢而坚定。它在舍维面前停下，舍维一如既往地深情注视着它。舍维走近富热尔，但小姐假装不理它。舍维想搂抱富热尔，但没有成功。它围着富热尔转了一圈，然后它的嘴滑到了富热尔的阴道口，富热尔颤抖着，一跃而起，摇摇头，看了它一眼，飞奔出几米远。舍维紧随其后，富热尔突然停了下来。舍维全速来到富热尔身后，弓起背以免撞到它，并开始向富热尔的背上爬跨。富热尔再次飞奔而去。这场游戏似乎让这对小情侣兴奋不已。

富热尔正处于发情期，通过气味腺的分泌以及由特有的叫声组成的语言来吸引舍维。前戏是为了检查雄狍的身体素质，从而自然地选择最强的基因产下漂亮、强壮的幼仔。狍子一般是多配偶制，但舍维和富热尔与西波安特和星星一样，偏离了这一规则，它们不是一夫一妻，但在各自的领地里偏爱对方。富热尔拒绝

木兰。一个真正的诱惑者,眼睛闪闪发光。它更像是一个孩子而不是母亲,最终生下了塞妮儿,而塞妮儿的命运十分悲惨。

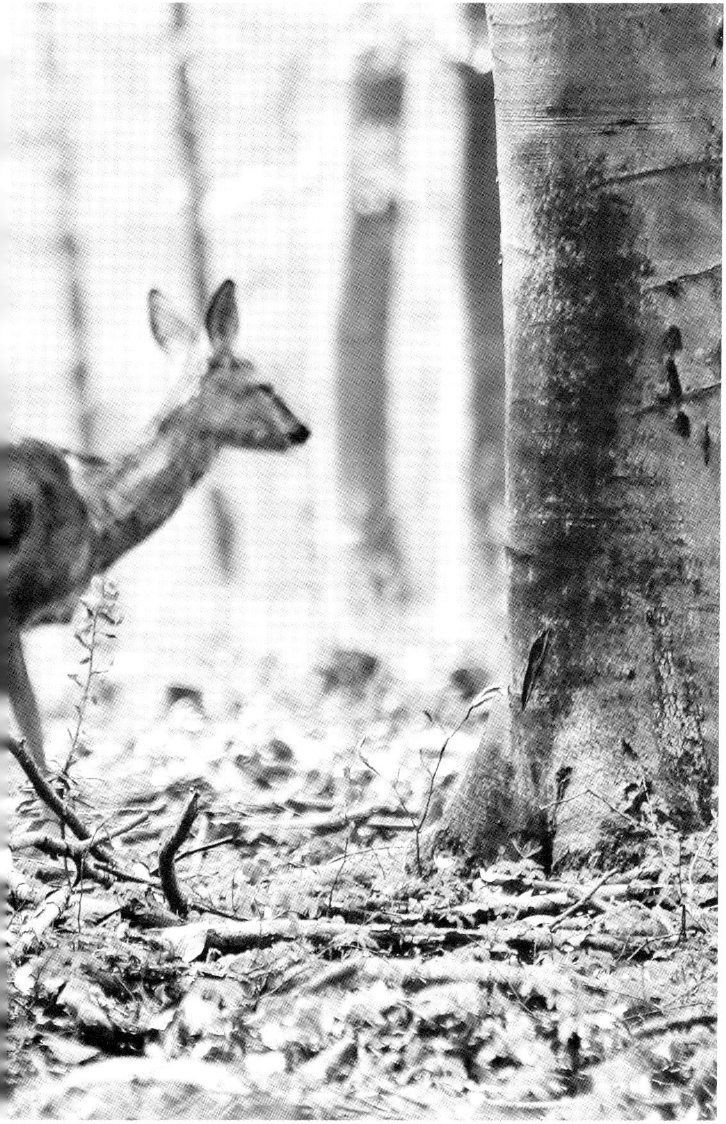

其他雄性的求爱，平常也不去其他领地招摇。

舍维和富热尔的爱情小游戏由漫长而刺激的追逐组成，最后以围绕一棵树、一个树桩或一块岩石转圈结束。游戏持续的时间太长了，以至于小两口最后踏出了一条围着树的土路，这被称为"女巫圈"。我可怜的雄狍朋友在这条路上呦嘀哎嘀地叫着，甚至大吼，以警告那些或许会因这场小型舞蹈而兴奋起来、以为自己也能参与其中的竞争对手。想都别想！

不要误会，在这个阶段，由母狍发号施令，决定交配地点。如果这头可怜的多情雄狍放弃或者精疲力竭倒下了，它就会去找另一头雄狍，把它带回同一个交配地点。但舍维不会放弃，它加倍努力避免这种情况发生。过了一会儿，富热尔准备好接受舍维了，不再围着树跑，舍维抓住机会多次跨上它的背——显然很享受——直到交配完成。如果运气好的话，明天、后天和接下来的几天，富热尔都会和它再玩这个游戏，这可能会持续到八月底，因为动情期只有两三天。

在欧洲，母狍的受孕时间在七月中旬到八月底的发情期。一旦受精，卵子就开始分裂，并继续在子宫中"漂浮"约十六周，但直到十二月，发育都非常缓慢。然后，这一小团细胞植入子宫壁，胎儿开始发育。这个过程被称为"延迟着床"，其他鹿科动物都没有这种现象，而且只出现在少数哺乳动物中，如獾、貂、黄鼠狼和白鼬。胎儿成长迅速，直到幼狍出生，即受精后九至十个月。幼狍的妊娠期为四十周，但胚胎生长只需二十周左右。由于大自然是完美的，夏季未受孕的母狍可能会在十一月或十二月的二次发情期受孕。在这种情况下，着床时间不会推迟，胎儿会在春末正常产下。分娩时，富热尔肯定会产下一到两只小狍子，它们会一直陪伴富热尔，直到来年春天。

几天后，我遇到了木兰，它也在玩同样的游戏。木兰是百分之百的多配偶制信徒，它的伴侣波波瓦、乔科特、哈利等也都是如此。木兰已经领舞了好几季，却从未生育。它吸引雄狍，诱惑它们，带着追求者在交配地点疯狂游戏，直到……精疲力竭。那些可怜的家伙最终都放弃了。但如果它碰上了比一般狍子更有耐力的狍子，到了交配的时候，就轮到它玩失踪了！这一次，我期待着同一幕喜剧上演。话虽如此，有些情况让我困惑。领地已经建立，木兰正在发情，三头漂亮的雄狍相距几米趴着，这并不常见。木兰带走第一个追求者哈利。几个小时过去，哈利就要放弃了。这时，我发现波波瓦朝着木兰小跑过去。哈利离开女巫圈，波波瓦跟到了木兰后头。哈利回到乔科特身边趴下，没有发生任何冲突。木兰显然没有注意到这个把戏，继续围着小树桩转圈。过了很久，又来了！波波瓦离开女巫圈，乔科特代替了它。这幕闹剧让我好笑。看得出来，木兰已经累了，却不知道该如何摆脱困境。它再也没有力气逃跑，抛弃追求者。于是，它屈服了，停下来，摆出交配的姿势，头朝下，腹部收缩，身体僵硬。乔科特开始和它交配，跨到它身上好几次，然后波波瓦就位，与它交配，接着轮到哈利。它们三个又重新开始了几次，似乎都很满意。木兰没有选择这转轮游戏，也没有选择次年生育幼狍。这么多年过去，我仍对狍子的适应能力感到惊讶，它们能够打破自然界最基本的规则，以达到自己的目的。

21

自夏末以来，小母狐泰瑞尔一直在圈划领地，它的领地非常广阔，有七平方公里。它和伴侣——我给它取名叫"真狐"——一起守卫这片领地，驱逐入侵者。这是它和同一个男友在一起的第三年了。我有时看到它们一起狩猎，但大多数时候它都是单独行动，情愿独自狩猎。圈定并守住了领地之后，它扩建了一个兔子洞，把它变成自己的小家，但不准真狐进入。冬天是狐狸的交配季节。在森林相对平静的夜晚，我听到远处一对恋人在喧闹、歌唱、嚎叫。几小时后，我路遇泰瑞尔，它精神抖擞，显然是被真狐的音乐会迷住了。一连几天，它们都待在一起，一起玩耍，一起在疯狂的追逐中耗尽精力，完全不顾周围的环境和潜在的危险。总之，它们正在相爱！

四月来临。我知道泰瑞尔在洞穴里生下了孩子。它在分娩前拔掉腹部的白毛，露出乳头，方便小狐狸吮吸。小狐狸在五十二天的妊娠期后出生。我看不到它们，但能听到它们的声音。由于小狐狸需要母亲的温暖，泰瑞尔必须寸步不离地守着它们两个星期。在这段时间里，泰瑞尔完全依赖于真狐，它带来了大量食物。但在家务方面，当爹的似乎就不那么擅长了，因为洞穴入口处堆满了有机垃圾。四周过后，只有两只小狐狸在自然选择中幸

美丽的母狐。泰瑞尔是真狐的伴侣,真狐是一只帅气的黑狐,和泰瑞尔育有幼仔。我和泰瑞尔一起生活过一段时间,但我发现与狐狸相处不如与狍子相处有趣。狐狸对其他动物不太感兴趣,也不会寻求互动。

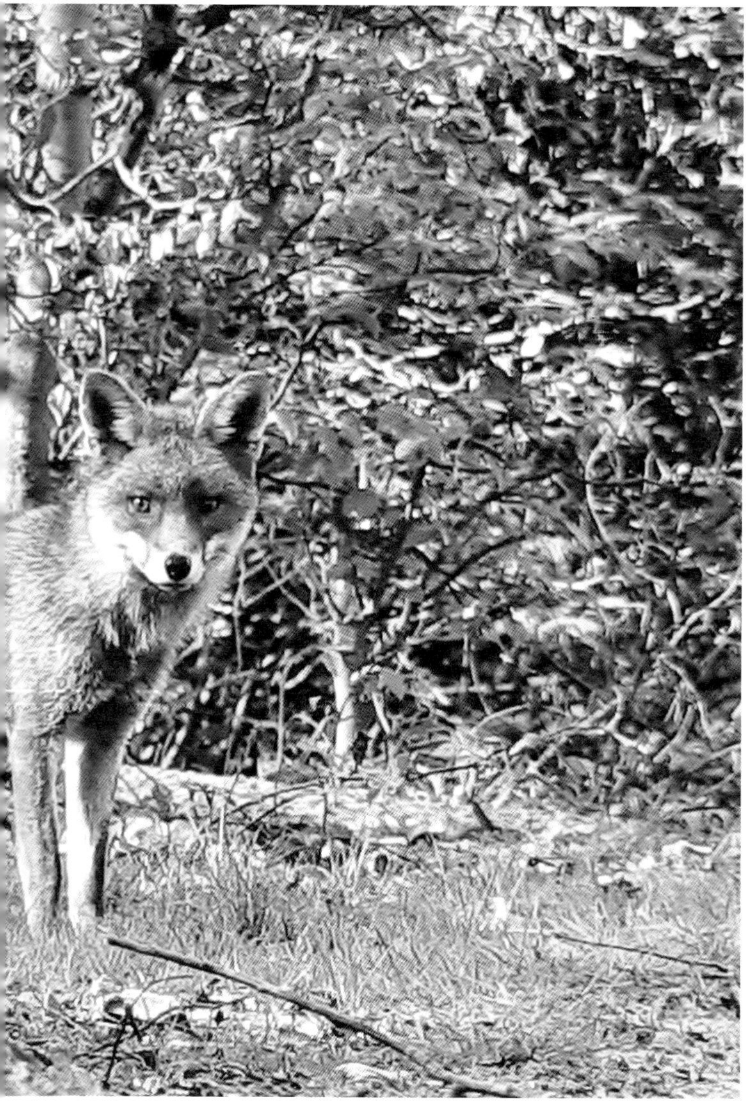

存下来。它们第一次走出洞穴。随着母乳耗尽,它们现在完全以固态食物(田鼠、鼩鼱、蜣螂等)为食。瘦了一圈的泰瑞尔去打猎,两个小家伙则在家嬉戏。它们闹腾、贪玩,好奇心很强。泰瑞尔会带食物回来,有时还会把部分食物埋起来留作储备,然后照顾两个小家伙。泰瑞尔不停地舔它们,因为它们的被毛越干净,就越能御寒。有时,我和舍维一起趴着观察它们,它也对小狐狸的游戏很好奇。它们毫不畏惧,直接来到我们脚边玩耍。它们的眼睛是深蓝色的,随着小鼻子逐渐长长,脸也变成红色。

六个月过去,我现在经常遇到独自在森林里游荡的小狐狸。它们已经断奶,看起来已经像大人了。小公狐被父母赶出了领地,妹妹也在不久前独自离开。狡猾的母狍木兰生了一只小狍,我叫它塞妮儿,是一只活泼、好奇的小母狍。我不知道它的父亲是谁,因为木兰的追求者众多。木兰住的地方离泰瑞尔家很远,也不用害怕真狐。就这样,就像之前的许多小狍子一样,我看着塞妮儿长大。

有一天早上,塞妮儿还不到三个月大的时候,我远远地瞥见它在尖叫,叫声哀怨,并且不辨方向地乱跑。我走近一看,只见一只雄壮的狐狸正摆出狩猎姿势。这是一只公狐狸。我认识它,是泰瑞尔的一只幼仔。显然,它已经在离父母不远的地方建立了自己的领地,现在正在攻击我的一个朋友。我寻找木兰,它应该保护塞妮儿,但它不在这儿。我越走越近,以为我的出现能让捕食者放弃,但事实并非如此。年轻的狐狸已经跟我混熟了,所以仍然专注于它的主要想法:让塞妮儿成为一顿美餐。

我第一次面临生死抉择。该从捕食者的獠牙下救出塞妮儿,还是接受残酷的自然法则?这么多年过去,我的位置仍只是一名旁观者，还是已经成为森林王国的正式玩家？靠近时，我发现塞妮儿的喉咙和后腿受了重伤。它在呼唤母亲，但母亲没有来。怎么回事？木兰应该来救它啊！年轻的狐狸扑向塞妮儿，咬住它的腹部，抓住它的脖子，把它放倒。我的小伙伴再也站不起来了。我仍然可以吓跑已经重伤了猎物的掠食者。但这有什么用呢？眼睁睁看着塞妮儿在我面前伤重而亡？我无能为力，我来得太晚了，只能接受现实。我心烦意乱，选择了离开，以免目睹一些无法承受的事情。

我不明白为什么木兰不在。母狍都是尽职的母亲，这种行为让我很吃惊。当我终于找到木兰时，它呻吟着，低声呼唤女儿，显然失去了它的踪迹。木兰是一只非常年轻的母狍，缺乏经验，又非常笨拙。此外，某种过敏性鼻炎已经困扰它一段时间，肯定影响了它的嗅觉。它总是吸鼻子，鼻子好像不通气。塞妮儿是它唯一的女儿，我能从我可怜的朋友眼中看到它的仓皇失措。我用微弱的哭声和呻吟请木兰跟着我去灾难现场。到了那里，我看到了它的痛苦。木兰明白女儿已经死了。它环顾四周，发现了狐狸并追了过去，但为时已晚。木兰花了几周时间才能从这场磨难中恢复过来。

22

富热尔在一片林子里散步，啃着欧石南和灯芯草，然后向为我们提供大量低矮植物的林间空地走去。离那里不远，一片重新种植的植物特别吸引它。过去两年，这片曾被砍伐殆尽的林地上重新长出了第一批树木，桦树、榛树、白蜡树、山楂树和许多其他木本或半木本植物。我的朋友尽情享用天然矮林操作的成果，那里有的是各种植物幼嫩的枝条，有时还满是嫩叶和多汁的苞芽。不过，富热尔不只是吃东西，它还在寻找一个可以隐藏幼仔的地方，因为我从它圆滚滚的腹部看出，它怀孕了。富热尔在几个确定位置留下标记，划定自己的活动区域，并尽其所能地加以保护。它将在标记范围内生育和抚养孩子。舍维和富热尔的生活区域相当广阔，约有四十公顷，"容忍"其他狍子入内。这片领地为舍维和富热尔提供食物保障、躲藏和一些位置优越而安静的地方，让它们可以安心休息。它们错综交织的兽道覆盖了整片区域。不过舍维对自己的领地看得很认真，并严防死守。这是它们生活区域中的一角，当然也与富热尔的活动领域相交。

五月初，富热尔在一片草地中央分娩。它只生了一个女儿，我给它取名叫花粉。最初的几周，我没去打扰它们，因为我每天都忙着和舍维一起标记领地。一天下午，我最好的朋友回到富热尔和女儿身边。我无所挂虑地走在这一家子的后面。富热尔开道,后面是舍维,然后是女儿。我们穿过一条伐木小道,很热,因为这儿种着一片欧洲赤松,而针叶树有保温的优点。美丽的阳光温暖着我们,我们想找一个舒适的地方休息。突然,一阵瘆人的嘶嘶声让我动弹不得。声音来自地面。是一条蛇。我差点踩到它,而它似乎很不爽,处于防御状态,头半抬着,一动不动。我保持静止,就像狍子教我的那样,抬着腿,凝固在那一刻。蛇依旧不依不饶,而我发现朋友们都走远了。无论我如何像小鹿一样呜咽表示痛苦,花粉和舍维都没有注意到我的声音,而富热尔似乎离得太远,根本听不到。幸运的是,它回头看了一眼。花粉也停了下来。它们都看着我。我继续呜咽着,发出受惊幼狍特有的叫声。富热尔折返回来,越过舍维,向我走来。看到蛇,母狍低下了头。它继续小心翼翼地向前迈步,高高地抬起腿。富热尔现在已经走到了那条蛇的边上,但后者显然还没意识到它的到来。富热尔走到蛇的后面,抬起前蹄猛踩下去,蛇窜了出去。富热尔追上去,继续对准蛇头击打。这可怜的动物像一块橡皮一样四处弹来弹去,眼见得不活了,但富热尔还是不停地敲击,直到确信已经把它干掉了。然后它回到花粉身边,亲昵地舔了它几下,又回到队伍的前面。太惊险了!舍维好奇地去看那条已经咽了气的蛇,闻闻它,不时回头看看富热尔,又看看我,好像在寻求支持。我想它从未见过自己的伴侣表现得如此暴力,但富热尔和其他母狍一样讨厌蛇,有幼仔在身边时更是如此。尽管蛇因为视力很差肯定比我更害怕,过一会儿准会自己离开,但我还是很庆幸富热尔采取了行动。我还活着,可以松一口气,谢谢你,富热尔。

舍维和富热尔带着女儿继续过着它们的小日子。春末一个晴朗的早晨，发生了一件意想不到的事情。玛嘉莉。这只美丽、经验丰富的母狍是多疑的妹妹。不知出于什么原因，它离开了自己位于森林上游的活动区域，来到我们这里。我注意到玛嘉莉的腹部隆起，正怀着小狍。由于富热尔已经生了孩子，而且标记了自己的领地，我猜想玛嘉莉会回到自己的领地产仔。可惜情况并非如此。玛嘉莉的领地意识很强，虽然它的脸蛋儿让我心跳加速，但我不得不承认它的脾气很糟糕！那天早晨，我和富热尔、花粉在森林小径上散步，玛嘉莉走了过来。富热尔不响。玛嘉莉又走近了一些，闻了闻我，然后朝富热尔走去。舍维的女朋友非常随和，想舔玛嘉莉几下。突然，玛嘉莉开始狂叫，毫不客气地要把富热尔轰走。富热尔不就范，停下脚步，试图扭转局势，但比它强壮得多的玛嘉莉还是把它赶走了。漫长的战斗之后，花粉身边只剩下了我，我们等待富热尔归来，但回来的却是玛嘉莉。花粉受到惊吓，呼吸急促，把头埋在两条前腿之间，它吓坏了。玛嘉莉不像要攻击，对花粉毫不在意。我们等了很久，然后听到富热尔呼唤我们，更确切地说是呼唤自己的女儿。花粉飞快地跑向附近一片林子，与母亲会合，而玛嘉莉则目送我们远去。被赶出领地的富热尔再也没回来。玛嘉莉后来在高高的草丛里产了仔，也只有一只，我叫它克拉拉，是一只小母狍。

几个月过去了。克拉拉和花粉成了朋友。玛嘉莉对我比以前更加好奇，这在母狍中是很少见的。一般来说，我更容易解除雄性的心理障碍，因为它们的睾丸激素水平更高。这种荷尔蒙让它们更自信，感觉自己更强大。对于雌性，我需要双倍时间，因为它们观望更久，即使没有孩子，也会在母性本能的引导下长期处于保护状态。它们心事很多，也更容易害怕。玛嘉莉与哥哥多疑完全不同。它很容易接近，观察力和理解力都很强，我很快就对它产生了好感。

玛嘉莉与富热尔、舍维、我，以及加入我们的其他狍子——拉弗拉克、波波瓦、木兰、勇气和多疑——一起度过了这个秋天。再加上花粉和克拉拉，我们十一个组成了一个可爱的小团体，仗着这份冬季的友谊去冒险，探索其他未知的区域。尽管狍子是恋家的动物，但我们每天仍会走大约五公里的路去探索新空间。我们沿着森林的各段边缘玩耍，在护林员房子后面的巨大土丘上奔跑、跳跃、冲下。我们穿过铁丝网，来到如茵的草地上，享受片刻纯粹的快乐。

朋友们反刍时，我在它们中间休息。勇气起身去啃叶子。突然，它在草地中央蹦了几下，停下，又蹦起来，一跃一米多高。被蜜蜂蜇了？不是，是它在玩耍，跳舞。它以为自己是一头大狍子，冲着田野里伸出的一截小枝发火，做出各种不可思议的动作。它沉浸在生活的乐趣中，快乐得发疯。面对笑而不语的同伴，它稍稍消停了一会儿，又开始了。它高高跃起，在空中翘起臀部，扬腿踢了几下，落回地面，站直身体。游戏继续，它旋转着，把犄角指向一头假想的狍子，然后发疯似的冲刺，重新腾跳回旋。休息片刻，它再次跃起，一个鹞子翻身，落地时四条腿牢牢站定。它对一切都很好奇，任何事情都让它开心，就这样继续玩了几分钟，最后它回到玛嘉莉身边躺下，好像什么都没发生。

我们又回到森林里，拉弗拉克的眼神很调皮，尽管它已经习惯了见到我，但还是经常试探我。傍晚时分，一切都很平静，它

玛嘉莉。它把我视为值得信赖的朋友,甚至让我成为乌梅和希望的正式保姆。

原本卧在地上，突然站起跑开，停下来，观察其他狍子、尤其是我的反应。它试图建立某种权威，但没有用，因为狍子群体中没有领袖。而且因为它有点疯疯癫癫，所以谁也不信任它。有时，它会打破集体的宁静气氛。它容易兴奋，总喜欢挑逗其他狍子。我承认，有时它让我恼火。同时，它也很可爱，它坚强的性格让我们对未来充满信心。

和小团体在一起，我甚至没感到冬天的行进，春天就已经回来了，但天气依然寒冷。在森林里度过的这几年开始对我造成伤害。由于饮食有限，我的肌肉比以前更容易疲劳。天空下着小雨，冰冷的风穿透了我的每一层衣服。身边都是狍子朋友，所以我决定放心地眯上几分钟。我躲在一棵大树后面避风。几波骤雨泼下，夹杂着雪珠，但我没有在意。实际上，天气即将骤变，气温正在下降。我开始入睡，但很快睡熟。我的体温下降了。

醒来时，我不知道自己身在何处，也不知道自己是谁。更糟糕的是，四肢冻僵，站不起来。舍维来看我，像往常一样在午睡后舔我的脸。它温热的小舌头在我脸上舔了又舔，让我稍微清醒了一点，直到从麻木中醒来。这时，我才意识到自己身在何处。我看到朋友明亮的大眼睛和正对着我的小鼻子。我试着站起来，但似乎被钉在地上，双腿沉重，感觉任何指令都得不到回应。我最后奋力抓住一根树枝，勉强站了起来。心脏在胸腔里怦怦直跳，脑袋沉甸甸的，周围的景物在眼前滚动。我全身麻木，呕吐起来。我试着走几步暖暖身子，从口袋里拿出一根蜡烛，划了几根火柴点燃。我把它放在一把勉强燃烧起来的枯叶下面，又加上几根小树枝——我总是在背包里放着树枝以备不时之需。开始蹲出火苗，我也暖和起来。我把一截木头放在小火堆上，用刀切开口子，这样火就不会熄灭。终于，我找回了理智。我把火烧得更旺一些，舍维和其他狍子走近火堆，我们一起度过了这个夜晚。我后悔方才的松懈。这可能会要了我的命。在条件艰苦的户外生活中，无法避免一切危险，但周全的安排和准备确实可以救命。这次算是有惊无险，但就像一次电击把我警醒。这不是我第一次遇到这种情况，但从未持续这么长时间。我想和狍子朋友们轰轰烈烈地共度一生，不管这一生有多短暂。但如果我想把它们从这个疯狂世界的毁灭过程中拯救出来，那我就必须活下去，讲述它们的故事，让公众了解真实的野生生活。

23

要了解狍子，就必须了解它们的历史，而这段历史有时悲惨地与人类历史联系在一起。史前时代，狩猎是人类生存和生活的支柱。最初，狩猎是在大草原上进行的，但气候变化和树木的快速生长改变了动物的构成。鹿、野猪、狼和狍子是这些剧变的受益者。动物数量加速增长，人类狩猎不再只是为了获取食物、衣服或工具，也是为了保护刚刚起步的农业。这种新活动自然会影响动物的行为，并逐渐使森林成为这些猎杀对象的避难所。不过，考古研究很少发现证据表明狍子出现在当时人类的菜单上。也许狍子对农作物造成的破坏还不足以让人对它们产生兴趣，也许这些动物的智慧、独居习性和逃离危险的能力使它们在某种程度上难以猎捕。我们不得而知。

直到中世纪早期，国王都会组织狩猎，目的是保护庄稼免受野生动物的破坏。围猎时，农民负责将猎物赶向猎人。猎鹿是常见的活动，但一些历史学家认为狩猎狍子纯粹是 20 世纪的发明。后来，国王和领主们将狩猎变成了一种"休闲运动"，不再是为了保护农民、杜绝动物啃食田间作物。1396 年的一项法令甚至禁止农民打猎，即使野生动物对他们的土地造成了损害。狩猎的主要任务是消灭野生动物，它现在偏离了农民的利益，变成了一种自私的杀戮乐趣。绰号"猎人之父"的弗朗索瓦一世保护动物，损害的是农民的利益。仅仅因为狩猎的乐趣，国王与人民之间产生了裂痕。

虽然国王们的这种热情有利于保护我们最美丽的森林，但也极大地改变了森林的外观。他们为了方便在森林中活动，在林中开辟了道路。从一个中心点向多个方向延伸的星形道路应运而生。1764 年，一张名为"国王猎苑"的非常精确的地图问世，它标明了穿越森林地块的无数道路，方便人们辨别方向。现代地图学正是由此发展起来，直到成为今天的样子。森林变得如此重要，甚至被赋予了一定的保护特权。还出现了新的林地。在我所在的地区，诺曼底贵族对某些地方的农业进行管制，甚至禁止耕种，以保护森林的发展、野生动物的增长。森林不再用来获取木材或食物，而是专门用于休闲狩猎。

1789 年法国大革命废除的首批特权就包括狩猎权。社会秩序被打破，包括狍子在内的成千上万野生动物的生命也随之消失。在此之前，只有国王和贵族才能狩猎，狍子即使没有被完全遗忘，也是被忽视的。从 19 世纪起，狍子正是成了小型猎物，对它们的狩猎没有了任何限制。狩猎越来越普及，在不到一个世纪的时间里，狍子从我们的土地上几乎完全消失了。20 世纪及两次大战也造成了大量野生动物的死亡。直到 1979 年狩猎计划在法国出台，狩猎限制才给了狍子喘息的机会。狍子重新繁衍，种群开始稳定下来。然而，战后重新造林种植的大片方正而单调的树林、冬季作物的种植、在森林中投饵，以及法国当时为实现工业化而采取的所有措施，彻底破坏了狍子群落生境的稳定。农村的工业化和机械化逐渐在野生动物和农林业的盈利目标之间造成冲突。自从人类出现在地球，狍子就没有改变过。然而，近几个世纪，尤其是近几十年来的文化变革改变了森林动物的生活。

食物短缺。伐木使得食物匮乏，我们有时不得不到庄稼地或菜园里寻找根茎和块茎。

就在不久前，森林还和我们的田野一样富饶。新石器时代的人类主要以橡子为食。中世纪，橡子是一种为平民广泛食用的果实，被做成煎饼或面包，也被用来酿造烧酒或作为咖啡的替代品。马铃薯的到来标志着橡子入食的终结。栗子、榛子、核桃、山楂、乌梅、野梨、野樱桃和花楸等其他果实也曾是平民食谱的一部分。在阿尔卑斯山区，瑞士五叶松是一种能结出大粒种子的针叶树，农民会贮藏这些种子过冬，这些山区的灌木丛与很多森林树种一样、甚至更加多产。草莓、覆盆子、黑莓和越橘曾被广泛食用。蘑菇使我们的森林声名远播，直至罗马。蕨类植物曾被用来填充床垫。榉树叶被用来填充草褥——它们被诗意地称为"木羽毛"。灯芯草（jonc épars）被用来充当和地面之间的隔热层，从而有了"铺地"（joncher le sol）一说。自古以来，森林就为我们提供了树脂、生漆、树胶、乳胶、果实、木材等。更重要的是，这种将我们与森林联系在一起的文化纽带让我们能够在不经意间"调节"森林中可用的食物数量。辅以自然捕食，我们便这样参与了动物种群的调节。也正是由于这种文化纽带，我的探险活动才能持续这么长时间。问题在于，人类已经从简单的采摘转向了集约化和破坏性的树木栽培体系，这种体系以盈利为唯一目的，对付起曾使我们的森林变得伟大和富饶的所有小型植物毫不手软。

如今，如果狍子经常啃食一棵用于将来出售的树苗的顶芽，那么这棵树苗在林业人员和木材行业眼中就属于"残次品"，无法销售获利。为了确保这类仍被称为"森林"的工业园区能够再生，人们花钱实施保护，比如设置围栏，但这些措施的成本很高（十公顷大约需要两万欧元）。围栏通常被用于林间空地或皆伐后的地块，导致狍子丧失生存空间，食物严重不足，迫使它们迁移到其他林区就食，于是便要继续安装非常昂贵的围栏。对幼苗也有个别保护措施，如塑料套或小网笼，便于野生动物自由活动，但这些保护措施的成本往往比植物本身更高，而且不能解决狍子的进食问题。

被现代人类殖民的森林没有给同样生活在那里的其他物种留下任何空间。其实，分享、甚至"付出以获得回报"并不难。如果我在山毛榉或云杉旁边种一棵无利可图的柳树，柳树就会被狍子吃掉，因为它的味道更好。如果我在"未开发"的林区里留下荆棘丛，我就创建了一个庇护所和保护区，狍子就用不着去找其他更好的地方。如果我保留林间空地和那里的草，狍子就会减少到公路边吃草的次数，诸如此类。我们不应把森林看作是工业场所，而应该把它视为能产生利息、可以无限期使用的资本。在我们的"树田"里，狍子不会为了我们的利益而停止进食。它们与森林互动。它们不剥削森林，而是维护森林，它们以森林为食，绝不会浪费这一重要的自然资源。我们不应该寻求动物的理想密度，以保护木材工业免受这些野蛮生物的侵害。狩猎平衡不是管出来的，它从未被管理过，也永远不可能被管理，因为它是不稳定的，从蒙昧时代开始就一直在变化。它取决于气候、天气、食物供应、捕食和许多其他因素。本世纪的现代工业在预期需求并不确定的情况下设定了配额并过度生产。这种运作模式在森林或任何其他自然环境中都行不通。把狍子的密度限制在每百公顷二十头对于远离我们商业规则的动物来说毫无意义。在一个已经被气候变化破坏的世界里，这不足以成为建立"自然-工业"平衡的指标。每年进行的统计只能反映不断变化的种群平均值，绝非绝对指标。当自然环境被迫成为矿藏时，平衡就无从谈起。木材工业必须符合自然法则，否则平衡就会被打破。需要在森林中保留灌木丛，创造安静的区域，采取短截修剪，留下自然空地，鼓励自然播种，减少狩猎带来的压力，并接受狍子的自我调节能力。不，人类在这一过程中毫无用处，他替代不了捕食者，他必须留在自己的位置上。

森林工业化给动物带来了痛苦，散步者，或者更广泛地说，森林的所有其他使用者意识到这一自然环境被破坏得有多严重了吗？届时再反应就太晚了。现在就该负起责任。无需去世界的另一端拍摄濒临灭绝的原始森林。我们的森林同样具有重要的生物价值，但它们也在消亡。

替森林说上几句：

人类，
我是你冬夜居所里的火焰，
是你盛夏屋顶上的凉荫
我是你睡觉的床，房子的屋架
放面包的桌子，航船的桅杆
我是你锄头的柄，小屋的门
我是你摇篮的木头，也是你棺材的木头
你的制品的材料，你的世界的装饰
请听我的祈祷：不要毁灭我……

24

克拉拉日渐长大，玛嘉莉试图用各种方式告诉它，它现在得离开这里，到别处独立生活了。但克拉拉似乎不想明白。其实玛嘉莉为它准备了一块附属的领地，让它可以安全度日。无计可施，小母狍不想长大，宁愿和妈妈待在一起。玛嘉莉又等了几天，但时间已经不多了，因为它又要生幼狍了。最后，看到女儿没有反应，它就把女儿赶出了自己的领地，就像去年赶走富热尔一样。克拉拉在那块附属领地上安顿了下来，在那儿它仍然可以遇见母亲，母亲也会继续保护它。

几周后，玛嘉莉在生克拉拉的老地方生下了孩子。我给这两个小家伙取名为"自由"和"查理"（以纪念一款必须在充满视觉陷阱的背景中找出人物的游戏）。玛嘉莉在克拉拉快断奶时才把它介绍给我，此后我才能跟在它身后走。这一次，仅仅两个月后，玛嘉莉就把孩子介绍给了我。我受宠若惊。从玛嘉莉的态度来看，能向我展示孩子似乎让它很自豪。我觉得它对我的尊重与日俱增，因为我没有不惜一切代价去看幼仔，它也很欣赏我的这种行为，这给了它休憩的机会。

一年慢慢过去，第二年春天，又是老样子，幼狍被客气地要求离开母亲，到别处谋生。小母狍自由得到了玛嘉莉的另一块领

玛嘉莉和乌梅。玛嘉莉教会了乌梅如何辨认植物。在这块地里,很容易就能找到花叶野芝麻,这种植物营养丰富,很受母狍欢迎。等到乌梅有了自己的孩子,就会需要它。

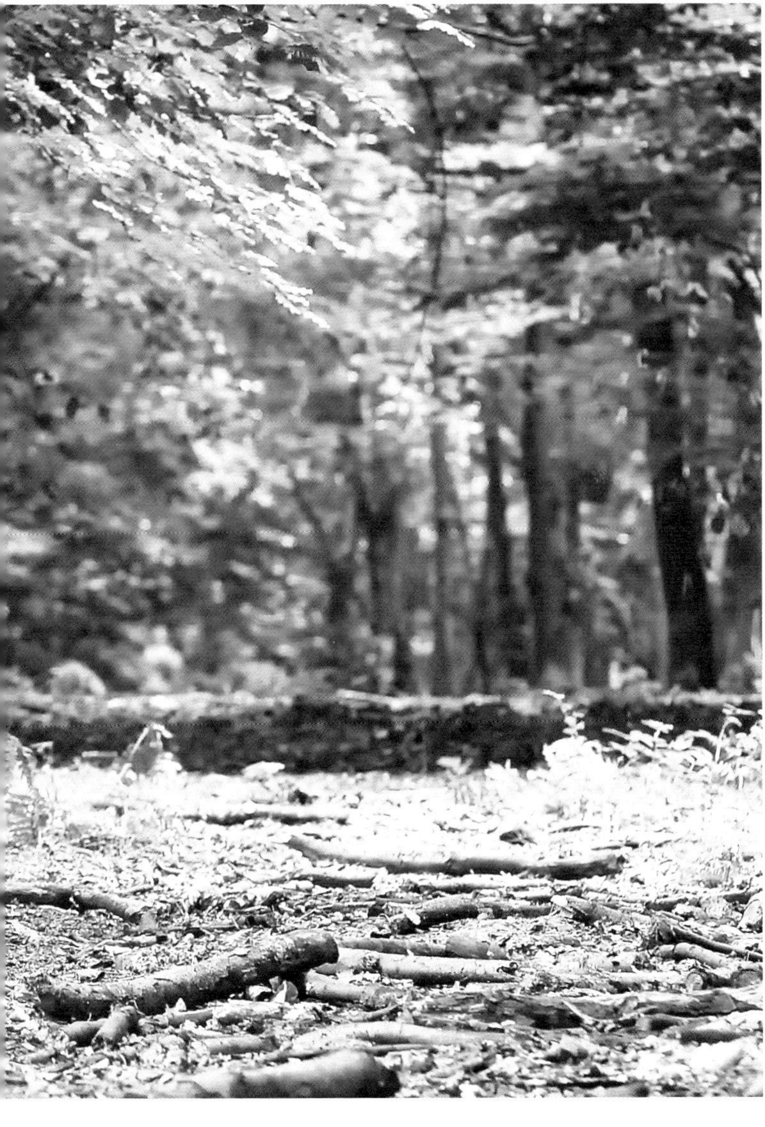

地。克拉拉连续第二年获准使用自己的领地。而查理因为是雄性，没有资格享受这种恩惠。它必须去征服一片领地，或者找到一头狍子作主人、朋友或父亲。它找到了勇气作为自己的导师。这很符合逻辑，因为它们一起度过了冬天，臭味相投，而且勇气似乎爱上了玛嘉莉。

当伐木活动对狍子的领地造成巨大压力时，狍子的家园面积会缩小，导致幼狍无法在出生地以外的地方定居。为了适应这种情况，它们避免与邻居发生冲突，与母亲保持密切关系，最终直接在母亲的领地上定居。这种恋家行为形成了狍群，并随着与上一年的兄弟姐妹或任何近亲的邂逅而壮大。随之而来的便是亲情加深，攻击性减少，生活范围缩小。

春天很快就过去了，接下来的夏天也同样美丽。勇气成功地向玛嘉莉求爱，玛嘉莉欣然接受了这位年轻追求者的情意。它们生下两只小狍子。一只是公狍，我叫它"希望"，一只是可爱的小母狍，我叫它"乌梅"。今年，玛嘉莉没有等待。胎记一消失，它就向我展示了两只漂亮的小狍子，我觉得每一只都有一点五公斤。我快乐地跟着它们去散步，直到有一天我意识到，每当玛嘉莉累了，就会把孩子交给我照顾！母狍通常不会离开自己的后代超过两百米。但玛嘉莉是一位有条理的母亲。分娩后精疲力竭的它聘请我当孩子们的正式保姆，当夫人在高草丛里吃草时，我就和两只非常吵闹的幼仔在一起。妈妈不在，它们就不太听我的指挥。它们跑来跑去，嘻嘻哈哈。希望试图把全身重量都压在妹妹身上，让它摔倒。有时它会摔倒，但要拖上哥哥一起倒下，场面混乱得难以形容。

幸运的是，玛嘉莉一天得回来十来次给它们喂奶。它不能把乳汁储存起来，它必须把自己从大自然中汲取的生命能量和养分传递给乌梅和希望，因此保护森林中食物来源的质量、种类和数量非常重要。幼仔的生存全部取决于此。降水量非常重要，尤其是在春末。水决定着食物的质量和供应。水越多，食物就越多，乳汁就越丰富，幼仔就越健康。乌梅和哥哥长得很快，体重也增加了，每头小狍子每天大约能增重一百五十克。因此，玛嘉莉必须每天产出大量优质乳汁，以确保两只小狍能生长三百克。对于玛嘉莉二十五公斤的体重来说，这是一个了不起的记录。这是迄今所知有蹄类动物中最大的母性贡献。不幸的是，尽管有这种不懈的奉献精神，但人类开发的林区经常开展皆伐，生活在那里的母狍已经无法再为幼仔提供足量足质的乳汁。花叶野芝麻或荨麻等食物变得稀缺。造成的结果是，无论性别，三月龄以内的幼仔死亡率都很高。而且令人遗憾的是，这些幼仔将经历相似的生命轨迹。当其中一只因营养不良而死亡时，它会日渐衰弱，往往在气温最低的凌晨冻死。一段时间后，第二只幼狍同样死去的情况也并不少见。

喂饱我的两个宠儿后，玛嘉莉凑到我身边，我突然想品尝一下母狍的乳汁。我抚摸了它很久，然后试着像汽车修理工一样钻到我朋友的身下，够到那两对乳房。我温和地抚摸乳头，轻轻挤压，乳汁就慢慢地流了出来。如果你喜欢风味牛奶，狍子的乳汁就很美味，像用干花和洋蓟浸泡的炼乳。味道出人意料，但也没那么糟糕！更重要的是，狍奶的营养成分比牛奶和羊奶丰富得多。不过这只是为了尝鲜，我更愿意把它留给小狍子，它们需要它来茁壮成长。

乌梅非常聪明，它是女孩版的舍维。我认为这与勇气的基因有关。我已经确定了几个家族：西波安特家族，包括西波安特、

我的最爱。乌梅是女孩版的舍维。它聪明、好奇、顽皮,渴望了解周围的世界。

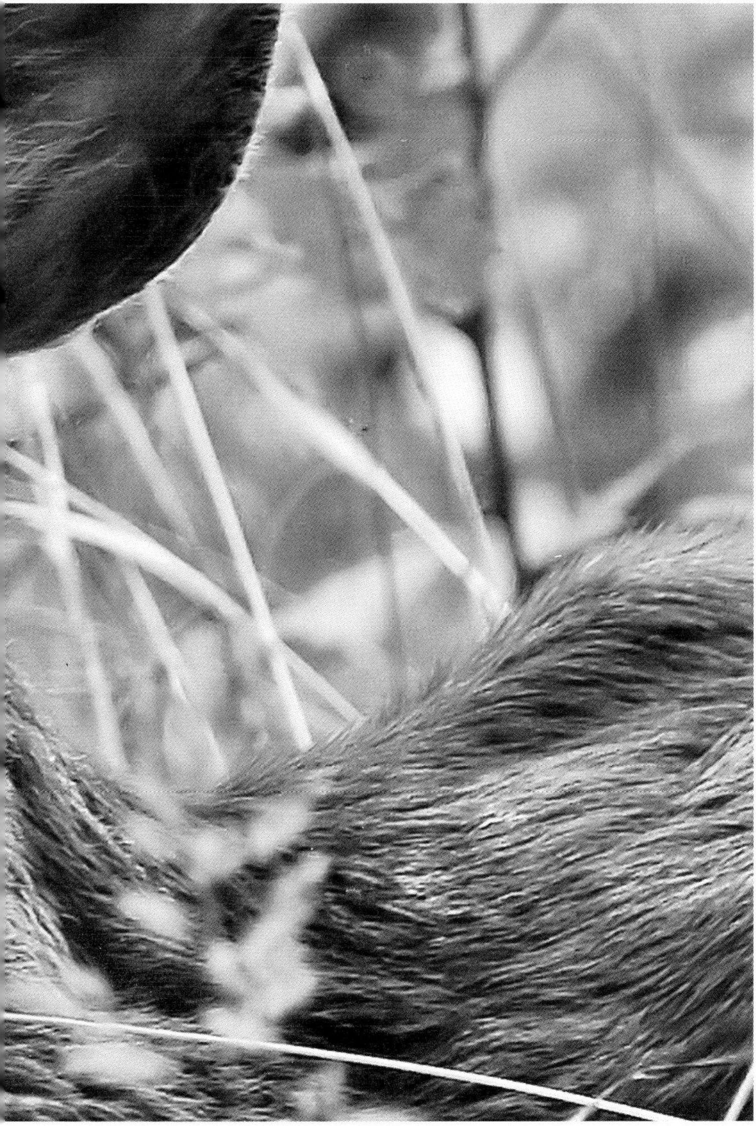

舍维、勇气和花粉各自的家庭；博尔德家族，包括多疑、玛嘉莉和拉弗拉克各自的家庭；以及科堡家族、瓦洛安家族等。每个家族都是独一无二的。每个家族都有独特的血统特征，如鹿角的生长、吻部的长短、深浅不一的橙色被毛，以及带有家族特征的"脸"。家族之间的杂交有时会培育出美貌与智慧兼具的狍子。我注意到，西波安特家族的基因非常强大，每次都出现与舍维或它的父亲，以及现在的乌梅相似的角色。博尔德家族也是如此，它们相当矜持，雄狍的角呈 V 字形生长，而西波安特家族的角则长得笔直且靠得很近。

我和乌梅玩得很开心。它把我当成一个人类大哥哥。虽然我不能代替它的双胞胎哥哥，但它非常看重我。玛嘉莉带着儿子去晒太阳，我和乌梅待在一起，它不想动。母与子走开了，而我们继续在一棵树下休息。光线很好，夏日的阳光穿透树冠。乌梅就卧在离我十厘米远的地方，像往常一样蜷曲身体，把嘴放在膝盖下。突然，空中像打了一个霹雳，一个黑影向我们袭来：一只鹞子俯冲过来！它的利爪实打实地撕裂了我的胳膊和腿！我简直不敢相信自己的眼睛！猛禽似乎又惊讶又困惑，好像没想到会在这里见到我。它看到乌梅睡着了，就想去偷袭。不巧的是，我也在这儿，它肯定没看见我。从某种意义上说，我救了乌梅，使它免于悲惨的结局。掠食者尖叫着飞走了。乌梅仍在颤抖，向不远处的母亲跑去。我的胳膊在流血，小腿也被深深地抓伤了。玛嘉莉看到我们惊慌失措地跑来。它冲到乌梅身边，舔了舔它，对它说了几句悄悄话，随后，乌梅安静下来，我也平静下来，趁机用水壶里的水在伤口上冲了冲，清理了一下。玛嘉莉走到我身边，闻了闻我，又舔了舔我。我们回到隐蔽处，度过这激动人心的一天的剩余时光。

夏天和秋天都顺利地过去了,尽管有些疲惫,但我对即将到来的冬天依然保持乐观。事实上,令我惊讶的事还多着呢。冬至将至。夜晚漫长得令人痛苦。舍维、富热尔和花粉更换了领地,离开山毛榉林,来到一片松林,附近正在进行伐木作业,这将在来年春天给它们带来嫩叶和嫩芽。乌梅和哥哥还是幼仔,而花粉已经是一只漂亮的一岁小狍子了。我在这两片相距较远的领地之间来回走动。寒风刺骨,天气每况愈下。然而,一天晚上,一种温情给我的心带来了慰藉。虽然下着小雨,但与我以前的经历相比,这根本不算什么。勇气加入了玛嘉莉、乌梅、希望和我的行列。我打了一会儿盹。乌梅就卧在我面前。我睁开眼睛,下雪了。雪下得很大,乌梅身上覆盖着一层薄薄的白色粉末。广阔的森林里没有一丝声音。唯一能听到的是雪花落地时冰晶的轻微撞击声。我站起身来,尽快清理已经开始浸湿毛衣的雪花。乌梅仍然卧着,舔舔自己,有时还试图嗅一嗅落在面前的雪花。雪下了一夜。清晨,寒冷再度袭来。目前积雪还不是很厚,寻找食物也不太困难。这是一个阳光明媚的好天气,我趁机坐在几根冷杉树枝上休息,沐浴在充足的阳光下。夜幕降临,天空再次阴云密布。几片雪花在空中飞舞,天气变得更冷了,天黑后下起了鹅毛大雪。一阵冰冷的风从东边吹来,让我瞬间感到寒冷。雪变成了冰。清晨,森林就像一个溜冰场。连续的积雪和霜冻让地面变得非常难走。玛嘉莉和乌梅好几次差点滑倒,我也一样。荆棘叶完全冻住了。几只母狍把地上的雪和树叶刮掉,卧在刚刚挖出的坑洞里,休息了很久。

当天气条件变得极其恶劣时,狍子能够减缓新陈代谢。因此,乌梅几乎整天一动不动地待在我面前,大大减少了活动量。

这种现象的原因是，狍子能缩小瘤胃的吸收表面积，从而能够经受长时间的重大气候事件，而不会感到需要进食或移动，也不会损失大量体重。可惜我没有这种超能力。我看起来更像一只火烈鸟。我抬起一条腿活动几下，然后是另一条腿，如此反复。我唯一能做的就是从一片领地游荡到另一片领地，看看大家是否一切正常。但这让我疲惫不堪。于是我也减少了活动，生火喝热水取暖。唯一能做的就是耐心等待这一切过去。我感到饥饿，但不能多想。我很佩服幼仔们非凡的耐力。它们看似脆弱，却从不抱怨，是我学习的好榜样。

恶劣天气过后，风雨回归，气温回升，生活继续。这次气候灾害让我再次思考我的冒险的结局，一方面，我深爱这个有狍子存在的野外世界，但我却在其中日渐衰弱，另一方面，我必须回到人类中间生存，讲述我的朋友们的故事。这让我十分纠结。

25

我累了。力量正在离我而去，我能从内心深处感受到这一点。去年冬天的寒冷、大雪和霜冻尤其让我疲惫不堪。我一直在努力寻找食物，以恢复以往的活力。我的领地已经枯竭。没有树叶，没有青草。一切都被砍光了，樱桃树、野芝麻、荨麻。林中空地变成了玉米地。我得走好几公里才能找到食物。更糟糕的是，在最宽的道路两侧，一切都已夷为平地。以前这里有桦树、樱桃树、白蜡树和千金榆，这些树形成了一道视觉屏障，我可以在后面行走，能看到外面的道路而不会被人看到。如今，这道屏障已经消失，走在路上可以看到森林深处二百五十米。

我越来越想结束这场冒险。并不是因为我想抛弃朋友，我宁愿死在森林里，死在它们身边，也不愿死在人类中间。我知道有几个地方，不会有人发现我的尸体。但我尤其想到，我的朋友们每天都在忍受着领地消失所带来的痛苦。我想，如果我能讲述作为野生动物生活的感受，对它们和我都会是一件好事。毫不自夸地说，在某种程度上，我可以成为它们的代言人。

达盖老了，我们在这个初夏的早晨睡觉，养精蓄锐。几小时后，太阳高高地升起，达盖想穿过一条繁忙的森林小路。今年，达盖的领地变得支离破碎，因为往年的幼狍已经壮大，达盖的

山毛榉树叶。这里是舍维出生的地方，但这片森林已不复存在。第一轮先是桦树、千金榆、榛树和黑刺李树被砍光，第二轮是橡树和其他珍贵树木，第三次砍伐让它彻底消失，只留下一片荒凉的景象。

老骨头已经无法与它们抗衡。它无序生长的角让我想起了因关节炎而变形的老人的手指。它昔日的辉煌正在褪色，被新一代视为爱抱怨的老顽固。它起身稍微自我清洁一番，啃了几口身边的叶片，然后小心翼翼地沿着小路前行。它在树木间隙的荆棘丛里耽误了一点时间。过了一会儿，晨练的散步者逐渐到来。达盖抬起头，看了他们一眼，然后伸长脖子，回到我们所在的灌木丛中。散步者走过。我们站了很久，然后达盖又卧倒反刍。

休息片刻后，达盖站起身，打了个响鼻，再次朝着森林小径的方向走去。就在它准备穿过小道时，一个骑自行车的人从石子路上飞驰而过。达盖又一次无奈地吃起了在森林中生长的花朵。时间一分一秒地过去，它又一次小心翼翼地去碰运气，但就在它要穿越小路的时候，三辆越野摩托车呼啸而过。这一次，达盖逃进灌木丛，爬上小陡坡，目送这些车辆远去。这场一步三让的旅行仍在继续。每当我们试图穿到这条该死的小路的另一侧时，散步者、汽车、成群结队的游客或锻炼者都会出其不意地出现，阻止可怜的达盖继续标记自己的领地。

随着时间推移，人类活动逐渐减少。我们回到路上，那里似乎又恢复了安宁。太阳即将落山，达盖渐渐平静下来，趁机在四处啃了几片树叶，这时我发现远处有人在遛狗。达盖远远地看到他们，就又回来了。啊，我受够了！自从我选择完全在森林里生活以来，我第一次决定去见见这个遛狗的人。

26

"晚上好……"

"晚上好,先生。"

遛狗的是个女人。她穿着牛仔裤、白色抓绒夹克,戴着金属框的方形眼镜。我看着她的小比利牛斯牧羊犬。我怕它闻到我身上达盖的气味。如果它变得咄咄逼人,情况可能会失控,我不知道该如何应对。我和颜悦色——反正是我记忆中最接近和颜悦色的样子。

"我得提醒您,有一头大野猪在前面不远的地方游荡。为了您和狗的安全,最好往回走。"

"哦,谢谢!您说得对。您很熟悉这片森林吗?"

"是的,我是野生动物摄影师。"

我们一边聊着动物和森林世界的美景,一边走向她停在森林外村子边缘停车场的车。她告诉我,一项道路工程正在推进,很快就会开工,森林将会受到影响。她似乎很热爱大自然,不知怎么,我开始和她聊起我的狍子朋友。

"太令人兴奋了!您知道吗,您应该展出这些照片,让人了解狍子的生活!"

一种奇怪的感觉涌上心头。一种我从未有过的感觉。这个热爱动物和大自然的女人让我感动。她似乎对保护我的朋友很感兴趣。我们在夜幕降临时分开。我回到达盖身边，它终于穿过了林间小路。我忘不了那个女人的脸，她的样子一直浮现在我的脑海里。我始终记得她的气味。

几个月后，我重新与文明建立了联系，在卢维埃附近的一个小村莱当举办了我的第一场摄影展。人们蜂拥而至，不仅要看照片，还要看看这个在离此不远的地方生活了十年、和野生动物交朋友、经常吓唬行人的怪人长什么样。和他们交谈时，我的所有感官都处于警觉状态。我可以通过他们的气味识别他们是害怕、恼怒、恐惧还是不信任。这让我非常煎熬，又唤起我已多年不曾感受到的那种焦虑。

而就在交谈的间隙，我看见了几个月前感动我的那个身影，就在离我几米的地方，舍维一张最美的肖像前。她朝我微笑，并向我走来。

"我在森林里遇见的就是您吗？"

"是的，就是我。您好吗？"

我立刻意识到，我的冒险将不再孤单。她将是唯一见到我那些朋友的人。十二月三十一日，森林节那天，我把她介绍给了玛嘉莉、乌梅、希望和多疑。现在，我们至少有两个人知道了狍子的非凡世界。

结　语

　　森林是狍子和人类世界不可分割的一部分。它养育并保护我们，如果我们每个人都忠实地呵护它，那么它在未来很长一段时间内都会如此。森林为我们抵御凛冬的严寒，缓解酷暑的炎热，减轻狂风的暴虐，阻挡沙漠的蔓延。森林肥沃，为我们提供食物和药品。没有森林，我们的大地将一片荒凉，生活将陷入一片死寂。森林净化了大气，让我们呼吸到所有生命不可或缺的氧气。没有森林，就没有动物的生命，因此，让我们尊重森林和生活在森林中的动物，不要因为自私而忘记我们亏欠森林的恩债。与狍子共存就是与森林共存。人类出现在地球上还不到一百万年。在冒险过程中，我关注起自然大历史中的人类小历史。有谁未曾在某条小径的拐角与狍子视线相交？大多数目击事件只在瞬间，但随着城市的发展，如今，我们大多数人都经常会在城市化地区边缘遇到这种奇妙的动物。然而，遇见并不等于了解。人类活动在导致森林工业化的同时，甚至干扰到了狍子的社会生活。任何对动物生活感兴趣的人都需要了解什么是森林。因此，面对我们这个时代的经济和工业困境，我希望这种以分享生命为基础的接近狍子的新方法能够为人类更好地融入环境打开一扇大门。

恩斯特·维舍特[1]曾精辟地写道：

只有当因果法则在森林中明显占主导地位，森林才会给人一种宁静和安全家园的印象。当这种法则失去力量，任意性主宰了树木的世界时，森林才开始成为一个充满威胁的居所。

---

[1] Ernst Wiechert（1887—1950），德国诗人、作家，集中营幸存者。——译注

图书在版编目（ＣＩＰ）数据

狍子人 /（法）若弗鲁瓦·德罗姆著、摄；周佩琼译. -- 上海：上海文艺出版社，2025. --（亲历系列）.
ISBN 978-7-5321-9231-1

Ⅰ. I565.55

中国国家版本馆CIP数据核字第2025AM4403号

GEOFFROY DELORME
L'Homme-Chevreuil
Copyright © Les Arènes, Paris, 2021. Simplified Chinese edition arranged through Dakai – L'Agence
Simplified Chinese edition copyright © 2025 SHANGHAI LITERATURE & ART PUBLISHING HOUSE
All rights reserved.
著作权合同登记图字：09-2021-0868
本书是上海文化发展基金会资助项目。

责任编辑：赵一凡
封面设计：周志武

书　　名：狍子人
作　　者：［法］若弗鲁瓦·德罗姆
译　　者：周佩琼
出　　版：上海世纪出版集团　　上海文艺出版社
地　　址：上海市闵行区号景路159弄A座2楼 201101
发　　行：上海文艺出版社发行中心
　　　　　上海市闵行区号景路159弄A座2楼206室 201101 www.ewen.co
印　　刷：启东市人民印刷有限公司
开　　本：889×1194　1/32
印　　张：5.75
插　　页：2
字　　数：72,000
印　　次：2025年5月第1版 2025年5月第1次印刷
Ｉ　Ｓ　Ｂ　Ｎ：978-7-5321-9231-1/I.7242
定　　价：56.00元
告　读　者：如发现本书有质量问题请与印刷厂质量科联系　T：0513-83349365

亲历

萤火虫的勇气
海下囚途
笑着告别
我怎么就不能在那里打工?
舒伯特绷带
狍子人

即将推出(书名暂定)

候诊室里的大象
非事件